連合艦隊西進す6
北海のラグナロク

横山信義
Nobuyoshi Yokoyama

C★NOVELS

扉画　佐藤道明
地図・図版　安達裕章
編集協力　らいとすたっふ

目次

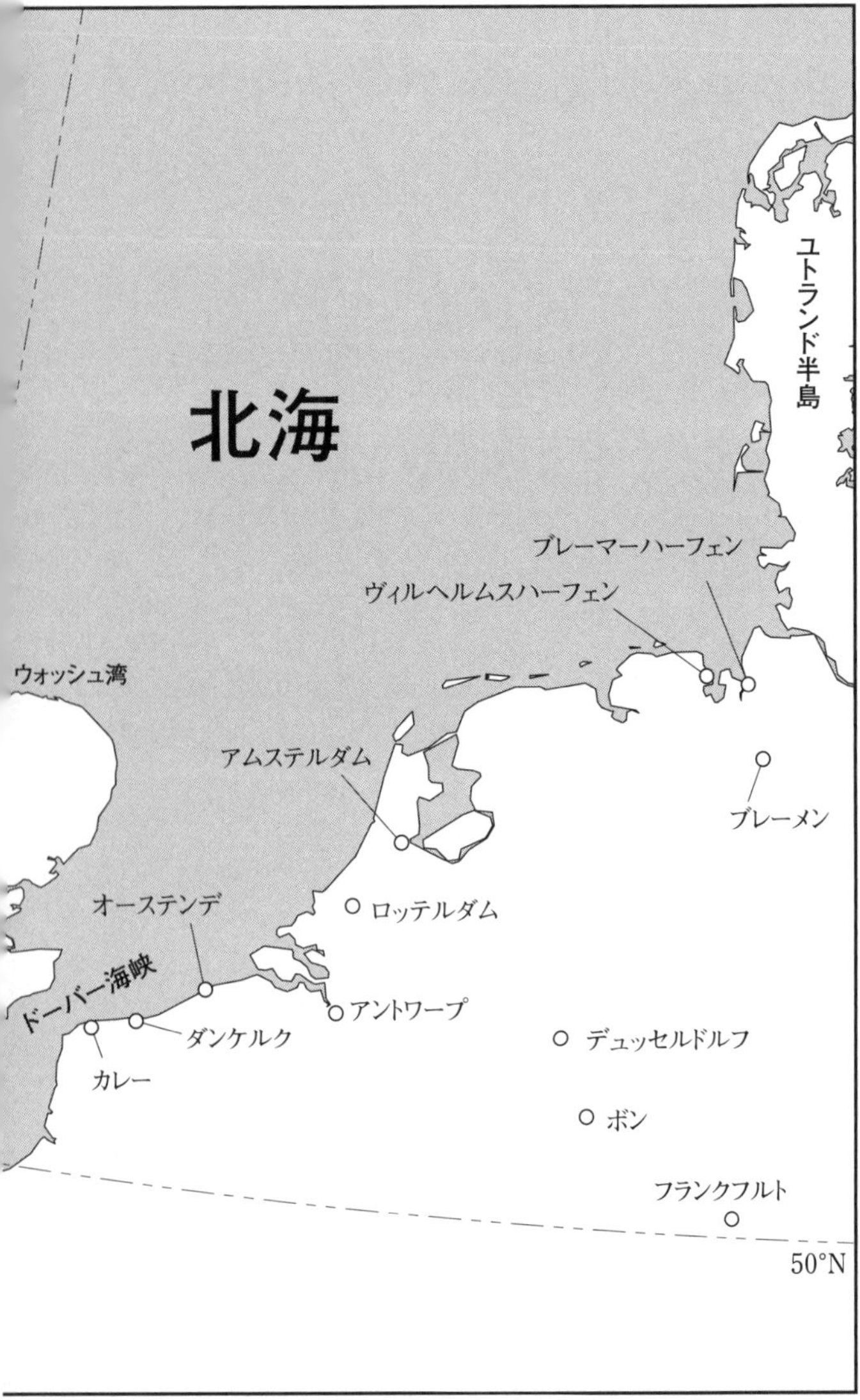

北海
ユトランド半島
ブレーマーハーフェン
ヴィルヘルムスハーフェン
ウォッシュ湾
アムステルダム
ブレーメン
オーステンデ
ロッテルダム
ドーバー海峡
アントワープ
ダンケルク
カレー
デュッセルドルフ
ボン
フランクフルト
50°N

英国本土周辺図

10°W
エジンバラ
マン島
ブラックプール
サウスポート
フォームビー
プレストン
ダブリン
マンチェスター
リヴァプール
シェフィールド
コーク
セント・ジョージ海峡
バーミンガム
ブリストル湾
ブリストル
ロンドン
ランズエンド岬
コーンウォール半島
プリマス
ポーツマス
ルアーブル
ブレスト
ブルターニュ半島
0°

連合艦隊西進す 6

北海のラグナロク

第一章　合衆国、起《た》つ

1

「私はアメリカ合衆国大統領として、国民の皆さんに悲しむべき報告をしなければなりません」

上下院の全議員が参集した議場に、アメリカ合衆国大統領トーマス・E・デューイの声が朗々《ろうろう》と響《ひび》いた。上院議員八二名、下院議員三八九名は、身じろぎもせずに聞いていた。

「昨日、一九四四年六月二一日、合衆国海軍の航空《こうくう》母艦《ぼかん》『ロング・アイランド』がイタリアのタラント湾で潜水艦《せんすいかん》の攻撃を受けて沈没し、乗組員九七〇名のうち、四八名が死亡、九七名が重軽傷を負《お》いました。現今《げんこん》のヨーロッパ情勢から判断して、『ロング・アイランド』を沈め、四八名もの尊《とうと》い命を奪《うば》ったのは、ドイツ軍の潜水艦であることは明らかです。ヨーロッパの戦争が始まって以来、我が国は一貫《いっかん》して中立を保《たも》って来ましたが、その我が国に、ドイツは牙《きば》を剝《む》いたのです」

デューイは一旦《いったん》言葉を切り、議場を見渡《みわた》した。

反発する者はいないようだ。全員が黙《だま》って、自分の演説に耳を傾《かたむ》けている。

「皆さんに思い出していただきたい。当初、ドイツの戦争相手国はポーランド、イギリス、フランスの三国だけでした。ところがドイツは、他国の中立を顧《かえり》みることなく武力を行使したため、ヨーロッパのほとんどの国を敵に回しました。中立国だけではありません。ドイツは相互不可侵《そうごふかしん》条約を結んでいたソビエト連邦《れんぽう》にまで侵攻したのです。ドイツは他国の中立の意思を尊重《そんちょう》するつもりも、他国と結んだ条約を守るつもりもない。この事実を、今度は我が合衆国が、貴重な軍艦一隻と、何物《なにもの》にも代《か》え難《がた》い人命と引き換えに思い知らされたのです。私は、このような国家とは共存できないと判断しました。

四年前の大統領選挙で、私は国民の皆さんに『あなた方の子供を戦場に送り込むことは決してない』

と公約しました。今でも、その意志に変わりはありません。ですが、外国が合衆国政府の意志を蹂躙《じゅうりん》することもあるのです。戦争の方が、あなた方の子供たちのところにやって来るのです。合衆国の行政の最高責任者として、私は独裁国家の野心《やしん》から、国民を守らなければなりません。

　私は合衆国大統領として、議会にドイツとの開戦についての議決を強く希望するものであります」

　デューイはそこで演説を終わり、深々《ふかぶか》と一礼した。直後、一斉《いっせい》に拍手《はくしゅ》が起きた。

　公約を破ることに対する非難の声は全くない。誰もがデューイの演説に、心を打たれた様子だ。感極《かんきわ》まって、涙《なみだ》を流す議員すら散見《さんけん》された。

　デューイは、大きく安堵《あんど》の息をついた。

　満場一致も夢ではない。開戦は、次の大統領選でプラスに働くはずだ——と、腹の底で呟《つぶや》いた。

　無論《むろん》、それを表《おもて》に出すことはしない。

　自分は止《や》むなく戦争に踏み切るのだ、という沈痛《ちんつう》な表情を、最後まで崩《くず》さなかった。

　大統領が演壇から降り、投票が始まった。

　上院は七八対四、下院は三七〇対一九で、ドイツに対する宣戦布告《せんせんふこく》を可決した。

　満場一致ではなかったものの、賛成が圧倒的多数を占《し》めている事実には変わりがない。

　一九四四年六月二二日、アメリカ合衆国はドイツ第三帝国と開戦したのだ。

「明日、六月二三日九時より、総統閣下《そうとうかっか》が御自《おんみずか》ら重要な放送を行う。作戦行動中の艦を除き、全員が傾聴《けいちょう》せよ」

　U568艦長オットー・シュトラウス大尉は、フランスの大西洋岸にあるブレストの海軍基地で、ドイツ海軍潜水艦隊司令部の命令を受け取った。

　ブレストはフランスの降伏《こうふく》後、ドイツが整備を進めて来た軍港の一つだ。

Uボートが大西洋に直接出撃できるよう、ブレストの他、ロリアン、サン・ナゼール等、ビスケー湾の沿岸に複数の基地が設けられている。

当初は爆撃を受けても被害を抑《おさ》えられるよう、頑《がん》丈《じょう》なブンカーが建設される予定だったが、イギリスが一九四二年二月に降伏し、爆撃の危険が去ったため、通常の軍港として整備されるに留《とど》まった。

ところが、日本軍がイギリス軍と共に、インド洋、紅海《こうかい》を経て地中海にまで侵攻して来ると、ビスケー湾岸のUボート基地にも危険が迫った。

このため、Uボートを爆撃から守るためのブンカーが、急ピッチで建設されているのだ。

建設に伴《ともな》う騒音《そうおん》――クレーンの動作音、リベットを打ち込む音、現場監督と作業員のやり取り等に包まれているブレストだが、九時五分前には、Uボートの乗員も、Uボートの整備や補給に当たる基地要員も、ブンカーの建設に携《たずさ》わる作業員も、ラジオの前に集まっていた。

放送は、ドイツ国歌の演奏から始まった。

Uボート乗員の待機所でも、ブンカー建設の作業現場でも、国歌を斉唱《せいしょう》する声が上がった。

現地で雇《やと》われた作業員は、ドイツ国歌を口にしようとはしなかったが、口だけを開閉させて、歌っているように振《ふ》る舞《ま》っていた。

国歌の演奏が終わってから数秒後、独特の抑揚《よくよう》を持つ声が流れ出した。

「総統閣下だ」

との囁《ささや》きが、シュトラウス自身は、ヒトラーの耳に届いた。

シュトラウス自身は、ヒトラーの顔を間近《まぢか》に見、声を直《じか》に聞いたことがある。

日本海軍の空母「赤城《アカギ》」「加賀《カガ》」を撃沈した功績で、叙勲《じょくん》されたときだ。

当時は、物腰《ものごし》にも声にも自信がみなぎっていたが、今、ラジオを通じて聞く声からは、かつての張《は》りが失われたように感じられる。

先の大戦に敗北したドイツを不死鳥《ふしちょう》のように甦《よみがえ》

らせ、ヨーロッパ最強の国家に成長させた稀代《きだい》の政治家も、戦況の悪化によって、精神に重圧を受けているのかもしれない。

「我が忠勇《ちゅうゆう》なるドイツ国防軍の兵士諸君、並びにドイツ国民諸君。私は、我が祖国が憂慮《ゆうりょ》すべき事態に直面していることを報告しなければならない。昨日、六月二二日、アメリカ合衆国政府は我がドイツ第三帝国と戦争状態に入ったことを、公式に宣言した。イギリス、日本、ソビエト連邦に続いて、アメリカが新たな敵国となったのだ」

待機所の中に、ざわめきが起こった。

Uボートの乗員の中には、顔色を青ざめさせる者もいる。

アメリカの参戦については、以前から噂《うわさ》されていたが、総統の口からはっきり伝えられると、衝撃を隠《かく》せないのだろう。

「アメリカは、タラント湾で発生した空母の沈没を、宣戦布告の理由としている。これは、我がドイツによる明白《めいはく》なアメリカへの武力攻撃である、と。その主張は、全くのでたらめであり、言いがかりである。これはアメリカの自作自演《じさくじえん》、もしくはアメリカを戦争に引き込もうとする連合国の謀略《ぼうりゃく》であるとしか考えられない！」

「そうだそうだ」「総統のおっしゃる通りだ」という声が、待機所のあちこちから上がった。シュトラウスの部下の声も混じっていたように思えた。

「アメリカは以前から、我がドイツに対する敵対行動を取っていた。イギリスと日本だけではなく、ソ連にまで武器を供与《きょうよ》し、我が国防軍の精鋭を苦しめ、あるいは死に至《いた》らしめた。イタリアにおいてもバドリオ政府を支援し、ムッソリーニの政府を苦しめた。事実上、参戦しているも同然だったのだ。我が国はアメリカの挑発《ちょうはつ》行為にも隠忍自重《いんにんじちょう》して来たが、同国が正式に宣戦を布告した以上、遠慮《えんりょ》は要《い》らない。今後、アメリカは我がドイツの敵国であり、アメリカ国籍を持つ全ての者が、ドイツ国防軍の攻撃対象である。私は今ここに宣言する。不遜《ふそん》なるアメリカに、自分たちがどれほど愚《おろ》かしい振る舞いをしたのか思い知らせてやる、と！」

ヒトラーの演説は、そこで終わった。

ラジオのスピーカーからは、喊声《かんせい》と「ジーク・ハイル！」「ハイル・ヒトラー！」といった大勢の叫《さけ》び声が伝わって来る。

放送は、ベルリンの国会議事堂からの中継だ。参集している国家社会主義ドイツ労働者党《ナチス》の党員が、歓呼の声を送っているのであろう。

「アメリカを敵に回すのか……」

シュトラウスと共に総統の演説を聴いていたフリードリヒ・ヴェーラー大尉が呻《うめ》くように言った。

U568の僚艦《りょうかん》U566の艦長だ。第七九潜水戦隊の中で、一番のベテランでもある。昨今《さっこん》の戦況が厳しいものであることも分かっている。

それだけに、ドイツの前途《ぜんと》に対して暗澹《あんたん》たる思いを抱いたようだ。

「総統閣下がおっしゃったことは、間違っていないでしょう」

シュトラウスは言った。階級は同じ大尉だが、ヴェーラーの方が先任であり、経験が豊かであるため、上級者に対する話し方になっている。

「今年に入ってから、我がドイツ海軍は、イタリア近海では作戦行動を行っていません。Uボートが活動したのは、ジブラルタルとモロッコ沿岸、イギリス本土の西岸のみです。タラント湾における空母の沈没は、総統閣下がおっしゃったように、アメリカの自作自演、もしくは連合軍による謀略だと考えられます」

「アメリカは、そのようなことを問題にはしない」

ブレストを訪れていた潜水艦隊の作戦参謀ヴァルター・ベルツ中佐が、首を左右に振った。

「かの国は、長い間参戦の機会をうかがっていた。好機《こうき》を得た以上、かの国が意志を翻《ひるがえ》すことはない」

「アメリカの空母を沈めた潜水艦が我が国のもので

はない証拠を提示したとしても、ですか？」

「アメリカは、『そのようなものは、ドイツのでっち上げだ』と言い張るだけだろうな」

「それは、正義とは言いかねるのでは……」

「アメリカは正義の国じゃない。あの国の支配層も、正義の味方ではない。体面《たいめん》上、正義の仮面を着けてはいるが、実像《じつぞう》はマキャベリストの集団だよ」

（有無《うむ》を言わさず、か）

腹の底で、シュトラウスは呟いた。

世界を支配するのは、「力は正義なり」の法則だ。力さえあれば、真実と虚偽《きょぎ》をそっくり入れ替えることもできるのだ。

アメリカは、その姿勢を貫《つらぬ》くつもりなのだろう。

もっとも、それはナチスが政権を握って以来、ドイツが周辺諸国に行って来たことでもある。同じ事をされても、文句を言える立場ではない。

「我々は、今後どのように動けばよろしいですか？御命令とあれば、ニューヨークやフィラデルフィアの沖で通商破壊戦を実施して御覧《ごらん》にいれますが」

ヴェーラーの問いに、ベルツは答えた。

「海軍総司令部《OKM》でも、アメリカ参戦後の戦略はまだ定まっていないが、基本方針としては、連合軍に大陸反攻の足場《あしば》を与えぬということになるはずだ」

2

「推進機音探知。方位九五度、距離四〇《ヨンマル》（四〇〇〇メートル）」

伊号第二四潜水艦の発令所に、水測室からの報告が上げられた。

潜水艦長花房博志《はなぶさひろし》中佐は潜望鏡《せんぼうきょう》を回し、方位九五度に向けた。

艦の現在位置は、テムズ河口の東方六〇浬《カイリ》だ。ドイツの占領《せんりょう》下に置かれているベルギーの要港《ようこう》アントワープとテムズ河口の、ほぼ中間に当たる。

すぐには、目標は視界に入って来ない。

花房は、一旦潜望鏡を下ろした。

「距離三〇《サンマル》」

「早いな」

新たな報告を受け、花房は呟いた。

最初の報告からの経過時間は一分四〇秒。音源の速力は二〇ノット前後となる。

英本土に駐留するドイツ軍部隊に、補給物資を運ぶ輸送船だと当たりを付けていたが、輸送船がそれほどの速力を出すとは考え難《にく》い。

「深さ五〇。無音潜航」

花房は、航海長海野守弘《うんのもりひろ》大尉に命じた。

敵が伊二四を発見し、こちらに急行している可能性を考慮したのだ。

発令所の周囲に水音が響く。潜望鏡深度の一五メートルを保っていた艦が、沈降を開始する。

「深さ二〇……三〇……」

深度計の数値を読み上げる声が、花房の耳に届く。

深さ五〇メートルまで潜ったところで、伊二四は動きを停止した。

「艦長より水測。探信音《たんしんおん》の有無報《しら》せ」

花房は伝声管《でんせいかん》を通じて、水測長の諏訪秀雄《すわひでお》兵曹長に命じた。

敵が伊二四を発見し、爆雷攻撃を加えて来るつもりなら、探信音を放って位置を探るはずだ。

「探信音ありません」

数秒後、諏訪が報告を送る。

「敵が、磁探《じたん》を使っている可能性はないでしょうか？」

海野が言った。

連合軍が磁気探知機《じきたんちき》を装備した航空機を前線に配備して以来、敵潜水艦の発見率は著《いちじる》しく向上した。

敵潜水艦の撃沈数は大幅に増え、それと反比例して、潜水艦による連合軍艦船の被害は急減した。

対潜戦の様相《ようそう》を大きく変えた画期《かっき》的な新兵器だが、ドイツの技術水準は、米英と比べても遜色《そんしょく》ない。

ドイツも同様の装備を開発しているのではないか、

と海野は考えたようだ。

「敵が磁探によって本艦の位置を突き止めたのであれば、既に爆雷攻撃を開始しているはずだ」

花房は反論した。

やり取りを交わしている間にも、「敵距離二〇《フタマル》」「敵距離一〇《ヒトマル》」と、水測室からの報告が届く。

敵の針路、速度に変化はない。

二〇ノット前後と思われる速力を保ち、伊二四の頭上に接近する。

「海面に着水音はないか？」

「ありません」

花房の問いに、水測室から応答が返される。

敵は、伊二四の真上を素通《すどお》りするようだ。

「潜望鏡深度まで浮上」

花房は意《い》を決した。

敵が二〇ノットで航進している以上、こちらの推進機音や海水の排出音を聞きつけられる心配はない。

それよりも、敵の動きを見極《みきわ》めることだ。

「メインタンク、ブロウ」

海野が命令し、海水の排出音が響く。

艦が浮上するにつれ、敵艦の推進機音やスクリュー・プロペラが海水を攪拌《かくはん》する音が伝わって来る。

深度計の針が一五メートルを指したところで、伊二四は動きを止めた。

数秒後、敵艦の推進機音が通過した。

音は、西方に遠ざかってゆく。

殿軍《でんぐん》に位置する艦が、伊二四の頭上を抜けたのだ。

「潜望鏡上げ」

を、花房は下令《かれい》した。

モーター音と共に、潜望鏡がせり上がった。花房は把手《とって》を摑《つか》み、アイピースに両目を押し当てた。

敵艦の艦尾が目に入った。伊二四から、急速に遠ざかってゆく。

「新たな推進機音、方位七五度、距離四〇《ヨンマル》」

水測室から、新たな報告が届いた。

「潜望鏡下ろせ」

「航海、面舵《おもかじ》一杯。針路〇度」

花房は、二つの命令を続けざまに発した。

潜望鏡が一旦下ろされ、海野が「面舵一杯。針路〇度」と縦舵《じゅうだ》士の遠藤佐吉《えんどうさきち》兵曹長に命じる。

伊二四は、潜航したまま艦首を右に振る。

航進する敵の真横を衝《つ》く態勢だ。

「水雷、前部発射管、魚雷発射準備。発射雷数六。開口角二度。駛走《しそう》深度二。雷速四九ノット」

花房は、新たな命令を発した。

「駛走深度二ですか?」

水雷長屋良俊作《やらしゅんさく》大尉が聞き返した。

攻撃目標として、積み荷を満載した輸送船を想定していたようだ。駛走深度は五メートル程度が妥当《だとう》ではないか、と言いたいのだろう。

「相手は軽巡か駆逐艦《くちくかん》の可能性が高い。駛走深度は浅めに取る」

「分かりました。前部発射管、発射雷数六、開口角二度、駛走深度二、雷速四九ノット」

花房の応《こた》えを受け、屋良は命令を復唱《ふくしょう》した。

花房は、みたび潜望鏡を上げた。

丸く狭い視界の中に、敵の艦影が見えた。

軽巡と駆逐艦を中心とした、小規模な艦隊だ。

軽巡二隻が最前部に位置し、その後方に一〇隻前後と思われる駆逐艦が続いている。

隊列から外れて、伊二四に向かって来る駆逐艦はいない。水測室から「探信音感知」の報告もない。

敵は、まっすぐ西方へと向かっている。

「目標、右前方の敵水雷戦隊。外扉開け。発射管注水」

花房は、潜望鏡を降ろして下令した。

発射管で出番を待っている九五式五三・三センチ魚雷は、帝国海軍が誇《ほこ》る純粋酸素を動力源とする魚雷であり、ほとんど航跡を引かない。

最大射程は雷速四九ノットで五〇〇〇〇メートル。炸薬《さくやく》量は四〇〇キロ。水上艦艇が使う九三式六三センチ魚雷と比較しても見劣《みおと》りしない性能を持つ。

輸送船や駆逐艦に用いるには、少々勿体《もったい》ない気がする。

だが遣欧艦隊隷下《れいか》の潜水艦部隊は、大陸欧州から英本土に向かう船は、艦種を問わず撃沈するよう命じられていた。

「外扉よし。発射管一番から六番まで注水よし。一〇秒後に発射します」

全ての準備が整ったことを、屋良が報告した。

「一〇、九、八」

艦長付の米倉始《よねくらはじめ》上等水兵が秒読みを開始した。

花房は今一度潜望鏡を上げ、敵が依然《いぜん》直進していることを確認した。

「三、二、一、ゼロ！」

「発射！」

米倉が秒読みを終えるや、花房は下令した。

艦首から、圧搾《あっさく》空気を排出する鋭い音が伝わった。

六本の五三・三センチ魚雷が二本ずつ、時間差を置いて放たれたのだ。


伊二四が遭遇《そうぐう》したのは、ドイツ海軍の第一〇輸送隊だった。

フランスから接収した軽巡洋艦《けいじゅんようかん》、駆逐艦を改装した高速輸送艦で編成されており、A、Bの二隊に分かれてイギリス本土に向かっている。

イギリス本土のドイツ軍部隊に対する本国からの補給は、六月六日以降、専《もっぱ》ら空輸に頼っていたが、航空機で運べる武器は小銃、機関銃、軽迫撃砲《はくげきほう》等、比較的重量の軽いものに限られていた。

イギリス本土西岸に上陸した連合軍が、多数の戦車、装甲車、火砲を擁《よう》していることを考えると、小火器だけでの対抗は困難であり、戦車や装甲車の輸送が不可欠とされた。

といって、それらを運べる輸送船は、速力が遅い上に防御力が乏《とぼ》しく、連合軍の潜水艦に容易《たやす》く撃沈される。

　このためドイツは、既存の軽巡、駆逐艦を改造した高速輸送艦によって、戦車、装甲車等の装甲車輌や、榴弾砲《りゅうだんほう》、加農砲《かのんほう》といった重火器の輸送を試みたのだ。

　軽巡、駆逐艦は、本来は物資輸送のために作られた艦ではなく、積載量が小さい。

　だがドイツは、突貫《とっかん》工事によって、これらの艦から後部の兵装を撤去すると共に、上甲板に補強工事を実施し、軽巡であれば一四〇トン、駆逐艦であれば七〇トンの積載力を持たせた。

　第一〇輸送隊は、これらの高速輸送艦に、六号重戦車ティーガーⅡ、装甲兵員輸送車ＳｄＫｆｚ２５１、一〇五ミリ軽榴弾砲、八八ミリ対戦車砲等を載せ、二〇ノットの速力で、テムズ河口を目指していた。

　伊二四が発射した六本の九五式五三・三センチ魚雷は、後方に位置していたＢ部隊――ティーガーⅡと一〇五ミリ軽榴弾砲、八八ミリ対戦車砲を運んでいた部隊に、真横から襲いかかったのだ。

「魚雷航走音、左一〇〇度！」

　Ｂ部隊の先頭を行く輸送艦「ＧＳＴ６」――機雷敷設《ふせつ》型巡洋艦「エミール・ベルタン」を改装した高速輸送艦の艦橋《かんきょう》に報告が飛び込むや、

「全艦、最大戦速！」

「艦長より機関長、両舷前進全速！」

「左舷機銃座、魚雷を撃《と》て！」

　Ｂ部隊の指揮を執る「ＧＳＴ６」艦長ローマン・ハウプト中佐は、続けざまに三つの命令を発した。

　後甲板にティーガーⅡ二輌《りょう》を積んでいるため、船足《ふなあし》は若干《じゃっかん》鈍っているが、機関出力を振り絞れば、二八ノットという俊足《しゅんそく》ぶりを発揮できる。

　速度性能を活かして、魚雷を回避するのだ。

　輸送艦改装後も残された三七ミリ連装機銃、一三・二ミリ連装機銃が旋回し、海面に狙《ねら》いを定める。

　機関の鼓動《こどう》が高まり、艦が加速される。

「各艦、増速します！」

ドイツ海軍 高速輸送艦「GST6」

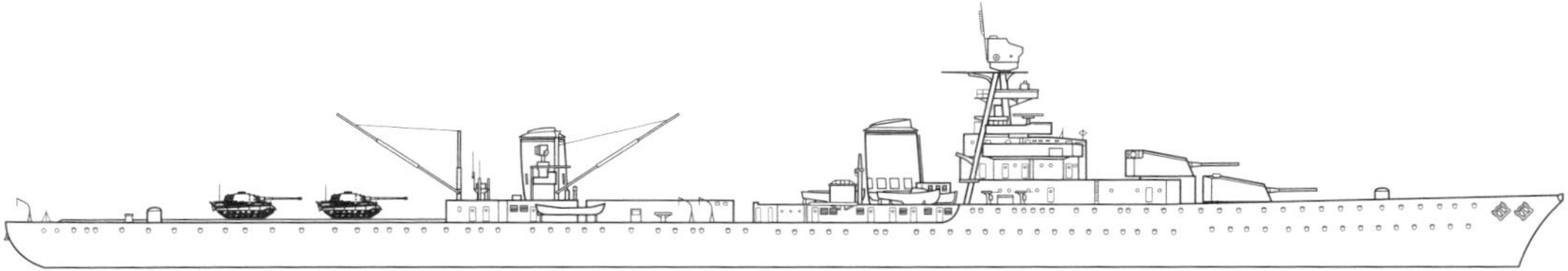

全長	167.0m
最大幅	16.0m
基準排水量	5,886トン
主機	ギヤードタービン 4基／4軸
出力	102,000馬力
速力	34.0ノット
兵装	15.2cm 55口径 3連装砲 2基 6門 37mm 連装機銃 4基 20mm 連装機銃 4基 13.2mm 連装機銃 4基
積載能力	最大140トン
乗員数	711名
同型艦	なし

元フランス海軍の機雷敷設型巡洋艦「エミール・ベルタン」を改装した高速輸送艦。

「エミール・ベルタン」は、新設計の15.2センチ砲を９門搭載した強火力に加え、新型の機関により駆逐艦並みの快速を実現した高性能巡洋艦として知られた。機関をシフト配置にしたため２本の煙突のあいだが大きく開いているが、そこに水上機射出カタパルトを置き、その両側には3連装魚雷発射管を据えた。また、後甲板には折り畳み式の機雷投下軌条があり、200個の機雷を搭載していた。フランスが降伏した後、しばらくはトゥーロン港に係留されていたが、英日軍の反攻により占領地である英国への兵站輸送が喫緊の課題となり、その一翼を担うべく、魚雷発射管、射出機、後部３連装砲塔、高角砲などを撤去。上甲板を補強し、高速輸送艦として運用することとなった。

艦橋見張員《みはりいん》が僚艦の動きを報告する。

魚雷が下腹《したはら》を喰《く》い破るか、艦が振り切るか、あるいは機銃弾が魚雷を粉砕するかの勝負だ。

「砲術より艦長。雷跡、視認できません！」

砲術長マクシミリアン・シュネーベルク少佐が、困惑《こんわく》したような報告を挙げた。

「よく探せ！」

ハウプトが怒鳴《どな》り返したとき、艦の後方から炸裂音が二度続けて伝わった。

衝撃がないことから、「GST6」自身の被雷ではないことが分かる。それでも、五八八六トンの基準排水量を持つ「GST6」の艦体が、僅《わず》かに震えたように感じられた。

「『ST27』『ST28』被雷！」

の報告が届く。

隊列の後方にいたヴォークラン級大型駆逐艦の改装艦二隻が魚雷を受けたのだ。

両艦は、一〇五ミリ軽榴弾砲一〇門ずつと予備の弾薬を運んでいる。数は少ないが、イギリス本土で頑張《がんば》っている陸軍部隊にとっては貴重な戦力だ。

「『ST27』『ST28』に通信。艦の保全《ほぜん》に努めよ」

「本艦への雷撃はどうだ？　回避に成功したか？」

ハウプトは通信室に命じ、次いで水測室に報告を求めた。

「魚雷航走音、消えました。回避に成功したと判断されます」

水測長ヴィルヘルム・フーバー兵曹長の報告を受け、ハウプトは胸をなで下ろした。

六号重戦車ティーガーⅡは、まだ生産台数が少ない。その貴重な重戦車を北海《ほっかい》に沈めずに済んだことに安堵したが——。

「B部隊の指揮官としては失格だな」

ハウプトは、自嘲《じちょう》的に呟いた。

第一〇輸送隊はアントワープ出港後、潜水艦に捕捉されぬよう、平均二〇ノット以上の速力を保ってテムズ河口に急いだ。

空軍も、フォッケウルフFw200によって北海やドーバー海峡《かいきょう》の哨戒《しょうかい》を実施し、敵潜水艦の発見と撃滅《げきめつ》に努めた。

にも関わらず、第一〇輸送隊は、輸送艦二隻に被害を受けたのだ。

艦の速力を高めた程度では、潜水艦による捕捉を免《まぬが》れないということか。高速輸送艦の投入など、小手先《こてさき》の対処に過ぎなかったのだろうか。

（いや、そのようなことはない）

ハウプトは思い直した。

B部隊九隻のうち、七隻はイギリス本土を目指している。A部隊は九隻全艦が健在だ。
A、B両部隊合計一六隻がイギリスに到着すれば上出来だ。
「『ST27』『ST28』に信号。『無事ヲ祈ル』」

「司令部に通信。『我、敵潜の雷撃を受く。輸送艦二隻被雷。乗員救助を要請す。位置、テムズ河口よりの方位九〇度、六〇浬』」

「B部隊全艦、このままテムズまで突っ走れ」

ハウプトは、三つの命令を出した。

輸送隊各艦の艦長には、

「敵の攻撃による被害が生じた場合、各艦は被害艦を省《かえり》みることなく、その場から離脱せよ」

と命じられている。

イギリス本土への物資輸送が最優先なのだ。

各艦から、停止している二隻の高速輸送艦に、「無事ヲ祈ル」との発光信号が送られる。

戦友を見捨てることへの後ろめたさはあるが、この海面にいる敵潜水艦が一隻だけとは限らない。自艦の安全と任務の遂行が最優先だ。

被雷した二隻の乗員も、そのことは理解しているはずだった。

「『ST27』『ST28』、視界から消えました」

ほどなく、後部見張員からその報告が上げられたが、ハウプトは敢《あ》えて返答しなかった。

3

前上方に、何条もの飛行機雲が見えた。

「全機散開。空戦に備えよ！」

陸軍飛行第二六戦隊の指揮官上条《かみじょう》謙二《けんじ》少佐の声が、無線電話機のレシーバーに響いた。

飛行第二六戦隊は、三式戦闘機「熊鷹《くまたか》」の装備部隊だ。第五航空軍隷下の第九飛行師団に属し、欧州方面軍や英国第三軍の援護を任務とする。

四〇機の熊鷹が、各小隊毎《ごと》に分かれて散開する間に、飛行機雲は頭上を通過し、編隊の後方へと移動している。

空中の点にしか見えなかった機体がバックミラーの中で膨《ふく》れ上がり、飛行機の形を整える。

第四小隊の四機を率いる小峯三郎《こみねさぶろう》准尉は、バックミラーが続けざまに三回、赤く光る瞬間を見た。

編隊の後方に位置する三機が、瞬《またた》く間に墜《お》とされたのだ。

敵機は速力を落とすことなく、急降下によって離脱する。

編隊の何機かが機体を翻し、追跡にかかるが、距離はみるみる開いてゆく。

「あいつがシュワ公か」

小峯は、敵機の渾名《あだな》を口にした。

メッサーシュミットＭｅ２６２。

敵国ドイツが、世界で初めて実用化に成功したジェット戦闘機だ。ドイツでは、燕《つばめ》を意味する「シュワルベ」とも呼ばれている。

最初に出現が確認されたのは六月二六日。ベドフォード近郊での空中戦だ。

飛行第二一戦隊の熊鷹四〇機が、一〇機前後のＭｅ２６２に襲われ、喪失七機、損傷八機の被害を受けている。

その六日前、海軍の偵察機「彩雲《さいうん》」が北海上空で消息を絶ったのも、Ｍｅ２６２に襲われたためではないかと言われているが、確証はない。

帝国陸海軍の戦闘機乗りは、「シュワ公」などと呼んでいるが、馬鹿《ばか》にできる相手ではない。

プロペラ式の戦闘機とは比較にならない速度性能を持ち、火力も大きい。

頑丈なことでは定評《ていひょう》がある米国製の戦闘機が、一連射で叩き墜とされるほどだ。

その恐るべき機体は、飛行第二六戦隊の真下をくぐり抜けている。急降下から急上昇に転じ、宙返りに入ろうとしているようだ。

小峯は、小隊二番機の酒井《さかい》脩《おさむ》軍曹、三番機の西浦《にしうら》均《ひとし》伍長、四番機の寺本健一《てらもとけんいち》兵長の機体を従《したが》え、左の水平旋回をかけた。

Ｍｅ２６２に背後を取られたら、離脱はまず不可能だ。熊鷹とは、時速にして約二〇〇キロの速力差がある。敵から見れば、こちらはただ浮いているだけに等しい。

真正面から渡り合う方が、生き延びる機会がある。


「シュワ公一機、右前上方！」

無線電話機のレシーバーに、酒井の声が飛び込んだ。

白い飛行機雲が、まっすぐ第四小隊に伸びて来る。一機だけで、一個小隊を相手取るつもりだ。

(舐《な》めやがって！)

小峯は腹の底で毒《どく》づくが、Ｍｅ２６２と熊鷹の性能差は認めざるを得ない。

敵機が、みるみる膨れ上がる。尖《とが》った機首と後退角が付いた主翼が、空中の鮫《さめ》を思わせる。

発砲は、第四小隊が先だった。

小峯が真っ先に発射ボタンを押し、二、三、四番機が続いた。

熊鷹の兵装は、ブローニング一二・七ミリ機関砲六門。盟邦《めいほう》英国の主力戦闘機が採用していた小口径多銃方式に近い。

射撃の正確さを求めるのではなく、豊富な弾量を叩き付け、目標を搦《から》め捕《と》るのだ。

無数の青白い曳痕《えいこん》が、敵機目がけて殺到するが、一瞬で第四小隊とすれ違い、後方へと抜ける。

Ｍｅ２６２が火を噴くことはない。

「敵機、左上方！」

「小隊全機、左旋回！」

三番機の西浦が叫び、小峯が咄嗟《とっさ》に命じるが、四機の熊鷹が機首を向けたときには、敵機は間近に迫っている。

Ｍｅ２６２の機首に発射炎が閃《ひらめ》く。炎の塊《かたまり》を思わせる曳痕が、真正面から向かって来る。

小峯が被弾を覚悟《かくご》したとき、敵弾は小峯機の右方に逸《そ》れる。

後続機が一二・七ミリ弾を放ったが、敵機がそれに捉えられることはない。

Ｍｅ２６２は四機の熊鷹と瞬時にすれ違い、後方へと抜ける。

撃墜はできないが、被害もない。相対速度が大きいため、敵も命中弾を得られないのかもしれない。

間を置かずに、三機目が突っ込んで来た。

「右旋回！」

敵機の影を認めるや、小峯は小隊全機に下令し、操縦桿《そうじゅうかん》を右に倒した。

右旋回をかけた熊鷹が敵機と相対したとき、敵機の機首に発射炎が閃いた。射撃の時機《じき》が遅れたのだろう、真っ赤な曳痕は小峯機の後方へと抜けた。

Ｍｅ２６２は速力を落とすことなく、第四小隊の直中《ただなか》に突っ込んで来た。小峯のレシーバーに、部下の罵声《ばせい》や怒号《どごう》が飛び込んだ。

敵機が離脱したときには、第四小隊は一、三番機と二、四番機に分かれている。

戦闘が始まって以来、Ｍｅ２６２の速度性能に翻弄《ほんろう》される一方だ。小隊から被撃墜機は出していないものの、敵機を墜とすこともできない。

影を相手に戦っているようだ。

「敵機、右後方！」

「続け！」

ドイツ空軍 Me262 ジェット戦闘機

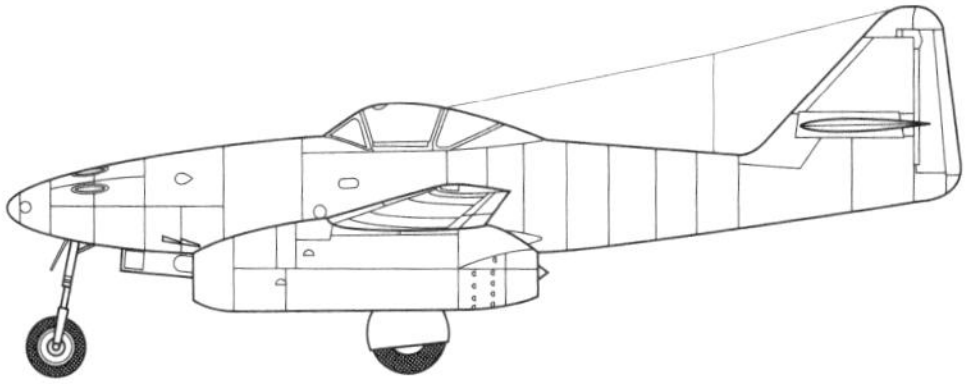

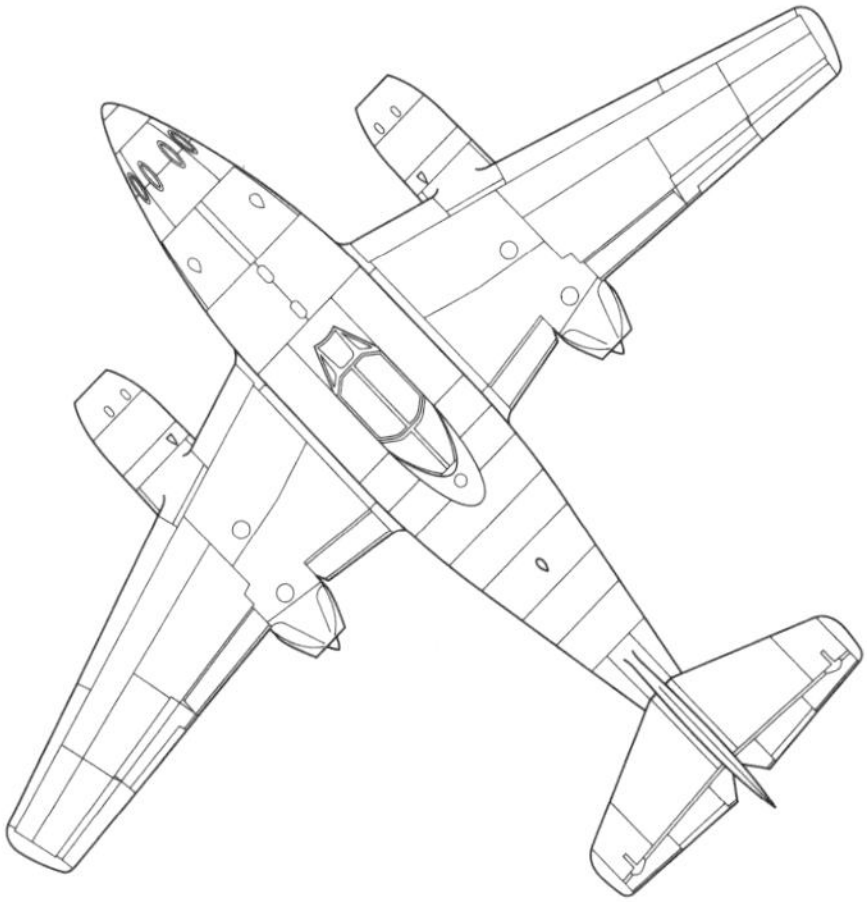

全長	10.6m
翼幅	12.5m
全備重量	6,387kg
発動機	ユンカースJumo 004B-1 8.83kN×2基
最大速度	869km/時
兵装	30mm機関砲×4門
乗員数	1名

ドイツ・メッサーシュミット社が開発した世界初の実用ジェット戦闘機。ジェットエンジン以外にも、後退翼や前輪式など革新的要素が採り入れられている。ジェットエンジンの信頼性に問題があるほか、旋回性能が悪く格闘戦には向かないなどの欠点はあったものの、時速800キロを上回る猛スピードで接近し、30ミリ機関砲４門の強火力を浴びせてくる本機は、英国および日本の戦闘機隊にとって、大きな脅威となっている。

西浦の叫び声がレシーバーに響くや、小峯は叩き付けるように下令した。

同時に、操縦桿を右に倒した。

熊鷹が右に横転し、視界が反時計回りに回転する。

垂直降下に移った熊鷹の左主翼を、真っ赤な曳痕がすれすれにかすめる。

追って来るか、と思いきや、敵機は速度を落とさぬまま離脱する。

五〇〇メートルほど高度を落としたところで、小峯は機首を引き起こした。エンジン・スロットルをフルに開き、上昇に転じた。

飛行第二六戦隊は、縦横に飛び交うMe262にかき乱され、四分五裂《しぶんごれつ》となっている。

時折《ときおり》、空中に爆煙が湧《わ》き出し、地上に向かって黒煙が伸びる。ほとんどは、日の丸マークの機体だ。

小峯が見る限り、被弾・墜落するMe262は見当たらない。

日本の参戦以来、帝国陸海軍の戦闘機隊は枢軸軍《すうじくぐん》の航空部隊に対し、互角《ごかく》以上に渡り合ってきた。

苦戦を強《し》いられることもあったが、最終的には勝利を収め、エジプト、イタリア領リビア、シチリア島、英本土と歩《ほ》を進めて来た。

その戦闘機隊が、一方的に押しまくられている。

悪夢としか思えぬ光景だった。

「小隊長殿、左下方！」

不意《ふい》に、西浦が叫んだ。

小峯は視線を転じ、「しめた！」と叫んだ。

Me262一機がよろめいている。左主翼から黒煙を引きながら、高度を落とし、離脱しようとしている。

左エンジンに被弾し、片肺《かたはい》飛行になっているのだ。

時速は、五〇〇キロも出ていない。熊鷹は言うに及ばず、一式戦闘機「隼《はやぶさ》」でも捕捉できる。

「行くぞ！」

一声叫び、小峯はMe262に機首を向けた。エンジン・スロットルをフルに開き、追いすがった。

(奴らは不死身《ふじみ》じゃない)

そのことを、小峯は悟《さと》っている。

速度性能が極めて高く、容易に捕捉できない機体だが、被弾すれば傷つき、性能も低下するのだ。

照準器《しょうじゅんき》は、既にMe262を捉えている。白い環《わ》の中で、敵機の姿が膨れ上がる。

Me262が、照準器の環から右にずれる。水平旋回をかけ、逃れようとしたようだが、動きは鈍く、旋回半径も大きい。

圧倒的な速度性能を誇る機体だ。旋回性能などは、あまり考慮されていないのかもしれない。

「往生際《おうじょうぎわ》が悪いぜ、シュワ公!」

小峯が敵機に呼びかけたとき、

「敵機、正面!」

レシーバーに、西浦の声が響いた。

小峯は半《なか》ば反射的に、操縦桿を前方に押し込んだ。

直後、真っ赤な曳痕の奔流《ほんりゅう》が頭上を通過し、キヤノピーが不気味に振動した。

敵機が猛速で、小峯機の頭上を通過する。

「俺としたことが!」

小峯は、なおも降下しながら罵声を漏《も》らした。

この直前まで、小峯は目の前の一機しか目に入っていなかった。周囲に対する注意を怠《おこた》るなど、小隊長にあるまじき失態だ。

「小隊長殿、後方に敵機!」

西浦が新たな警報を送った。

小峯はバックミラーを見、舌打《したう》ちした。

Me262が、背後から迫っている。

小峯は操縦桿を前方に押し込み、降下角を深めた。

緑に覆《おお》われたイングランドの田園地帯や、農家とおぼしき民家が正面に来た。

降下速度が上がり、大地が急速に近づく。

バックミラーに映るMe262の機影が拡大する。

水平面での最高速度や上昇性能だけではなく、急降下速度もMe262が上回るようだ。機首に仕込まれた複数の機関砲が、今にも火を噴きそうに思える。

高度計の針が八〇〇メートルを指したところで、小峯は引き起こしをかけた。

目の前に見えていた田園や民家が視界の下方に吹っ飛び、空が目の前に降りて来た。

小峯機の高度は、地上すれすれだ。小麦の穂《ほ》が、はっきり見て取れるほどだ。

不意に、目の前に火箭《かせん》が走った。真っ赤な曳痕が小麦畑に突き刺さり、引きちぎられた穂や葉、土煙が舞い上がった。

Ｍｅ２６２が、小峯機の頭上を通過する。

小峯は機首を上向け、射弾を浴びせようと試みるが、射撃の機会はない。敵機は一瞬で、小峯機の射程外へと抜けている。

そのまま急上昇に転じ、空中で大きな円を描く。

戦友を狙った日本機を、墜とさずにはおかない――そんな執念が見て取れた。

敵機が後ろ上方に回り込む。急速に距離を詰めて来る。

小峯は、更に高度を下げた。高速で回転するプロペラが、麦の穂を吹き飛ばさんばかりの低空だ。ほとんど、地面に張り付いているに等しい。

黒い影が頭上をよぎった。

直後、影は小麦畑の直中に突っ込み、巨大な火柱が噴き上がった。

「やりやがった！」

小峯は操縦桿を目一杯《めいっぱい》手前に引き、エンジン・スロットルをフルに開いた。

敵機から噴き上がる炎をかすめるようにして、熊鷹が上昇に転じた。

何が起きたのかは分かっている。

敵機の操縦手が引き起こしに失敗し、地上に激突したのだ。小峯機を墜とそうと焦《あせ》る余り、視野狭窄《しやきょうさく》に陥《おちい》ったのかもしれない。

このときには、Ｍｅ２６２は戦場から離脱にかかっている。

ジェット戦闘機は、速度性能が非常に大きい反面、航続距離は短い。全速での機動を続けたため、燃料が限界に近づきつつあるのだろう。

上空では、生き残った熊鷹が集合しつつある。

戦闘開始の時点では四〇機を数えたが、残存機は三〇機を割り込んでいるようだ。

数では飛行第二六戦隊が優勢だったが、Ｍｅ２６２の凄《すさ》まじい速度性能は、数の差などものともしなかったのだ。

「小峯一番より二、三、四番、無事か？」

小峯は、小隊の各機に呼びかけた。

「小峯二番、無事です！」

「小峯三番、無事です！」

「小峯四番、無事です！」

「よし！」

三名の部下からの応答を受け、小峯は頷《うなず》いた。

第四小隊は、Ｍｅ２６２との戦いを辛《かろ》うじて切り抜けた。

損耗率《そんもう》が二割五分から三割に達しようかという状況の中、小隊全機が生き延びたのだ。

しかも小峯は、一機の撃墜に成功している。

終始《しゅうし》、敵に圧倒されながらの戦いだったが、こと第四小隊に関する限りは、満足できる結果と言えた。

「上条一番より全機へ。帰還する」

戦隊長の声が、レシーバーに響いた。

小峯は僚機に合図を送り、機首を西方に向けた。


空中戦が終わってから三〇分余りが経過したとき、ロンドンの東に位置するサドベリー飛行場にサイレンが鳴り響いた。

空襲警報ではない。

友軍機の飛来を告げるサイレンだった。

防空壕《ぼうくうごう》や飛行場の周囲にある茂みの中に身を潜《ひそ》めていたドイツ軍の兵士らが、滑走路や駐機場に飛び出して来る。

サドベリー飛行場は五月二五日、連合軍の空母艦上機による空襲を受けて以来、使用不能の状態が続いている。

滑走路や駐機場の修復は終わったものの、整備場、燃料庫、弾薬庫といった付帯設備の復旧《ふっきゅう》が進まず、不時着用の飛行場として使うのがせいぜいだ。

サドベリー飛行場に限らない。

ロンドンの北側に多数が設けられていたドイツ空軍の飛行場は、五月二〇日から二五日までの六日間で、あらかた破壊されている。

友軍機が飛来しても、降りられる状態にはない。

だが、イギリス上空に飛来するドイツ機には、最初から着陸する予定はなかった。

姿を現したのは、涙滴《るいてき》を前後に大きく引き延ばしたような胴体を持つ双発機だ。

四機が先頭に立ち、その後方に、一二機を一組とした編隊が三隊続いている。

ハインケルＨｅ１１１。一九三九年九月一日の開戦時から、ドイツ空軍の主力爆撃機として活躍した機体だ。

一九四〇年の第一次英本土航空戦《バトル・オブ・ブリテン》では大きな損害を受けたため、翌一九四一年の第二次英本土航空戦《バトル・オブ・ブリテン》ではほとんど使用されなかったが、対ソ戦争では多くが前線に投入されている。

その機体が、イギリス本土――ドイツ軍の占領下にある地域に姿を現したのだ。

彼らの任務は、爆撃ではなかった。

一五〇〇メートル前後の高度から、サドベリー飛行場の上空に進入したＨｅ１１１の爆弾槽から、次々と黒い塊が投下された。

それらが一〇〇メートルほど落下したところでパラシュートが開き、風に吹かれて漂《ただよ》いながら、ゆっくりと地上に降下した。

地上で待ち受けていた兵士たちが、投下された貨物に群がり、梱包《こんぽう》を解く。

中からは、ワルサーの七・九二ミリ小銃や九ミリ短機関銃、ラインメタルの七・九二ミリ軽機関銃といった歩兵用の小火器や対戦車兵器のパンツァーファウスト、五センチ、八センチの軽迫撃砲、弾薬箱が現れる。

戦車、装甲車の修理用部品を詰めた梱包や、医薬品の梱包は、そのままトラックに乗せられ、ドイツ軍部隊の駐屯地《ちゅうとんち》に運ばれてゆく。

補給物資の投下を終えたHe111は、飛行場の上空で旋回し、東方に機首を向ける。

He111は、かつてはドイツ空軍の主力爆撃機として、ポーランドやフランスで活躍した機体だが、最大時速が四三五キロと遅く、戦闘機に捕捉されたらひとたまりもない。

このためドイツ空軍は、最新鋭戦闘機のMe262を先行させて連合軍の戦闘機を掃討《そうとう》し、その後に補給物資を満載したHe111を送り込んでいた。

He111の物資投下は、ほどなく終わった。

四年前は、フランスやオランダ、イギリス本土を大挙して襲い、爆弾の雨を降らせた機体が、ドーバー海峡の対岸――フランスやオランダ、ベルギーのドイツ軍飛行場へと飛び去ってゆく。

爆音が完全に聞こえなくなってからも、ドイツ軍兵士による補給物資の回収作業は続けられていた。

4

六月三〇日、東京《とうきょう》・霞ヶ関《かすみがせき》の外務省は、いつになく張り詰めた空気に包まれていた。

早朝から、各新聞社の記者が詰めかけ、そのときを待っている。

日本国内だけではない。ニューヨーク・タイムズ、ワシントン・ポスト等の米国の新聞社や、ソ連から派遣《はけん》されたプラウダの記者も姿を見せている。

戦時中のニュース映画を製作する日本映画社からもカメラマンが派遣され、歴史的な瞬間を映像記録に残すべく、撮影準備を整えていた。

午前八時四五分、駐日アメリカ合衆国大使ジョセフ・グルーが姿を現した。

省内では、外務大臣東郷茂徳《とうごうしげのり》、大英帝国正統政府の首相と外相を兼任するアンソニー・イーデンらが、グルーの到着を待っていた。

「貴国の参戦を、待ち焦《こ》がれておりましたぞ。我が国だけではありません。日本も、フランスも、オランダも、貴国と手を携えてナチス・ドイツと戦えることを、心から喜んでおります」

真っ先にイーデンがグルーに声をかけ、両手で包み込むようにして、グルーの右手を握った。

「あまり仰々《ぎょうぎょう》しく振る舞われることもありますまい。貴国の感謝については、本国政府に伝えますが、合衆国が開戦を決定した以上、その意志を変えることはありません」

静かではあるが、力のこもった声で、グルーは返答した。

米国の参戦については、日英両国政府も、フランスやオランダの亡命《ぼうめい》政府も歓迎の意を表明したが、同国の連合国加入に際し、盟約の調整に若干の時間を要した。

このため、盟約の調印《ちょういん》は、米国の対独参戦から一週間が経過した六月三〇日にずれ込んだのだ。

現在、ワシントンでも、駐米日本大使来栖三郎《くるすさぶろう》、同英国大使エドワード・F・L・ウッドが盟約の調印式に臨《のぞ》んでいる。

こちらはホワイトハウスが調印の場に選ばれ、アメリカ合衆国大統領トーマス・E・デューイが臨席するとのことだった。

東郷、イーデン、グルーが、各々《おのおの》の席に座った。

盟約の調印文書は、既に置かれている。

カメラのフラッシュが焚《た》かれる中、日英米三国の代表はペンを取り上げた。

盟約の中には、単独講和《こうわ》を禁ずる条文がある。

日本は当初、盟邦である英国を助け、英本国を解放するために参戦したが、新たな盟約を結ぶことで、英米両国と運命共同体になったのだ。

（英本土を奪還《だっかん》しただけでは、戦いは終わらない。我が国は英米と共に、ナチス・ドイツを完全に屈服《くっぷく》させるまで、戦い続けることになる）

その未来を思い描きながら、東郷は文書に一枚ずつサインをしていった。

連合国は、アメリカ合衆国という強大な国家を盟友として迎えることが、正式に決定したのだ。

5

「これが『キング・ジョージ五世』ですか」

アメリカ合衆国大西洋艦隊作戦参謀フォレスト・シャーマン大佐は、感心したような口調で言った。

「プリンス・オブ・ウェールズ」亡《な》き後、英国本国艦隊旗艦《きかん》となった「キング・ジョージ五世」の前甲板だ。

シャーマンは、目の前に鎮座《ちんざ》している巨大な三五・六センチ四連装砲塔を、値踏《ねぶ》みするように見つめている。ノースカロライナ級、サウスダコタ級といった米海軍の新鋭戦艦と、頭の中で比較しているのかもしれない。

「主砲の口径がやや小さいところが気になりますが、守りは堅《かた》そうですな。この艦を沈めるのは、容易ではないでしょう」

「本級の防御力は、我々が身を以《もっ》て確認した」

英本国艦隊司令長官ジェームズ・ソマーヴィル大将は、苦笑交じりに言った。

英本国艦隊はエジンバラの東方海上で、キング・ジョージ五世級同士の砲撃戦を展開し、最新鋭戦艦の火力と防御力を自ら味わったのだ。

「艦の話はこれぐらいにして、中に入りましょう。シャーマン大佐も、艦の見学にいらしたわけではないはずだ」

日本海軍遣欧艦隊司令長官小林宗之助《こばやしそうのすけ》大将が促《うなが》し、艦上の提督《ていとく》たちは、「キング・ジョージ五世」

の長官公室に移動した。

日英の提督は、幕僚《ばくりょう》一名ずつを伴っている。小林には、作戦参謀芦田優《あしだまさる》中佐が同行していた。

「大西洋艦隊が最も知りたいのは、現在、すなわち一九四四年七月の時点における戦況です」

シャーマンが、会議の口火《くちび》を切った。

米国が対独参戦し、連合国の一員に加わったといっても、直《ただ》ちに大規模な軍事行動を起こせるわけではない。

軍の大規模な動員には、相応《そうおう》の時間を必要とするし、詳細な戦況を把握《はあく》する必要もある。

米大西洋艦隊司令部は情報収集のため、英本国艦隊と日本遣欧艦隊が司令部を置くマン島にシャーマンを派遣したのだ。

「こちらが、現在までに奪回《だっかい》した地域です」

ソマーヴィルに同行している英本国艦隊の首席参謀アーサー・コリンズ大佐が、机上《きじょう》に英本土の地図を広げた。

五月二八日、英本土西岸のフォームビーからサウスポートにかけての一帯に橋頭堡《きょうとうほ》を確保して以来、英国陸軍第三軍と日本陸軍欧州方面軍は、着々と奪還した地域を拡大しつつある。

六月一四日にはリヴァプールが陥落《かんらく》し、連合軍は補給のために最も重要な港湾施設を手に入れた。

現在、英第三軍は英本土第二の都市バーミンガムに進撃しており、欧州方面軍隷下の第一八軍はシェフィールドを目指している。

英陸軍は首都ロンドンの奪還を目指し、日本陸軍は英本土を南北に分断して、スコットランド方面からのドイツ軍の反撃を阻止《そし》する役割だ。

これに対して、ドイツ軍はロンドン死守《ししゅ》の構えを取っている。

英本土に駐留する兵力の過半《かはん》をロンドンとその周辺に集中すると共に、ロンドンの西方から北方にかけて、堅固《けんご》な防御陣地を築いている。

補給については、六月六日の大規模な輸送作戦が失敗に終わった後、高速輸送艦と空輸に頼っている。

連合軍は、潜水艦による高速輸送艦の撃沈や輸送機の捕捉に努めたが、ロンドン以東の制空権はドイツが握っており、思うに任せないのが現状だった。

「ドイツ軍は、爆撃機のハインケルHe111、ユンカースJu88といった機体を空輸に使用しており、貨物に落下傘《らっかさん》を付けて投下しています。彼らは空輸に先立ち、戦闘機を派遣して、我が方の戦闘機の掃討を図っています。このため、空輸をなかなか阻止できないのが現状です」

芦田が、コリンズに続けて発言した。

「連合軍の戦術に倣《なら》ったのかもしれませんな。貴軍では要地攻略の緒戦《しょせん》で戦闘機だけを出撃させ、敵の戦闘機を一掃《いっそう》する戦術を採《と》っていると聞き及びます。ドイツ軍も貴軍の戦術を研究し、自軍に取り入れたのでしょう」

（よく研究している）

シャーマンの言葉に、芦田は感心した。

日本軍や英軍の軍艦には、米海軍から派遣された観戦武官が乗り組み、情報収集に努めている。

米海軍の上層部は、彼らの報告を元に、日本軍、英軍だけではなく、ドイツ軍の戦術や思考様式《ようしき》をも分析・研究し、参戦に備えていたのだ。

芦田は、発言を続けた。

「問題は、ドイツが送り込んで来る戦闘機です。貴軍でもある程度の情報を入手しているでしょうが、メッサーシュミットMe262はジェット推進式の戦闘機であり、プロペラ機に比べて速度性能が段違《だんちが》いです。貴国より供与を受けた機体の中で、最速を誇るヴォートF4U〝コルセア〟でさえ、Me262よりも、時速にしておよそ二〇〇キロも劣速《れっそく》なのです。我が軍も、英軍も、Me262には対処の方法がないのが現状です」

「Me262につきましては、現場の航空部隊指揮官も交えて別途協議しましょう」

シャーマンは言った。

ここは大局《たいきょく》的な話をする場であり、戦術上の話は場を改めて協議したい、ということであろう。

「空輸では、それほどの重量物は運べますまい。重装備は、海上輸送が必要なはずです」

シャーマンの言葉に、芦田が応えた。

「おっしゃる通りです。ドイツ軍は、戦車、装甲車、火砲といった重装備は高速輸送艦によって、イギリス本土に運び込んでおります」

「高速輸送艦といっても、軽巡や駆逐艦を改装した艦では、さほどの積載量はないと考えます。高速輸送艦一隻で運べるのは、戦車であれば一、二輌、火砲であれば一〇門程度ではありませんか？」

「貴官が推測された通りです。我が軍が入手した情報が、それを裏付けています」

芦田はシャーマンの前に、一枚の航空偵察写真を置いた。

二二航戦隷下の彩雲がロンドン上空に飛び、撮影したものだ。高速輸送艦の後部に、戦車二輌が載せられている様子を捉えている。

「ロンドン市内に潜《ひそ》む抵抗組織からも、同様の情報が届けられています。ドイツが本国から運んで来る重装備は、高速輸送艦一隻につき、戦車一、二輌、もしくは火砲一〇門程度である、と」

英軍のコリンズ首席参謀も口を添えた。

「ドイツ軍の補給は、空輸であれ、海上輸送であれ、ごく細い糸に過ぎないということですな」

「細くとも強靱《きょうじん》な糸だ。切断は容易ではない」

シャーマンの言葉に、ソマーヴィルが応えた。

「ドイツがイギリス本土、特にロンドンを死守する態勢を取っているのは、占領地を手放したくない、という単純な理由ではありますまい。連合軍がイギリス本土を奪回した場合、ヒトラーの権威《けんい》は大きく傷つけられるでしょうが、地位の喪失《そうしつ》に繫《つな》がることはないはずです。ドイツがイギリス本土の確保に固《こ》執《しつ》する理由は、この地がドイツの死命《しめい》を制する場所にあるためです」

シャーマンは、航空機の写真三枚を机上に置いた。

いずれも、四発の重爆撃機だ。

うち二機種については、芦田も知っている。

ボーイングB17〝フライング・フォートレス〟とコンソリデーテッドB24〝リベレーター〟。

長大な航続距離と大きな爆弾搭載量、分厚《ぶあつ》い防弾装甲を併《あわ》せ持つ機体だ。

日本陸軍や英国空軍は、これらの爆撃機についても供与を希望していたが、米国空軍省が峻拒《しゅんきょ》したため、今日《こんにち》に至るも実現していない。

最後の一機種は、芦田が、というより、シャーマン以外の全員が初めて見る機体だ。

野球のバットのような形状の胴体を持ち、全体にすっきりしている。B17、B24に比べ、洗練《せんれん》された印象を受ける。

米国が配備を予定している新型機かもしれない。

「これら三機種は、合衆国空軍がイギリス本土への進出を予定している戦略爆撃機です。いずれもイギリス本土からドイツ本土まで往復できるだけの航続距離を持ち、ドイツの軍事施設であれ、生産設備であれ、爆撃によって叩くことが可能です」

「ドイツの立場で考えた場合、英本土を失陥《しっかん》すれば、直接ドイツ本土に爆撃を受ける。ドイツ本土を守るためには、英本土を失うわけにはいかない、ということですね？」

確認を求めた芦田に、シャーマンは頷いた。

「左様《さよう》です。B17、B24、B29の三機種は、ドイツの国力そのものを根幹《こんかん》から破壊できる機体です」

ここで一同は、初めて米国の新型爆撃機の機名を知った。シャーマンは先を続けた。

「先の世界大戦では、合衆国の参戦がドイツ崩壊のきっかけとなりました。今回の戦争では、合衆国はより決定的な役割を果たします。戦略爆撃により、ドイツの戦争遂行能力を奪い去る、という役割を」

「実際問題として、その役割を果たせるのは、米国以外にはないでしょうな」

小林がぼそりと言った。

長官の考えは、芦田にはよく分かる。

B17やB24に匹敵《ひってき》する戦略爆撃機は、日本にも英国にもない。

数字の上では、一式陸攻でも英本土から出撃してドイツ本土を叩くことは可能だが、同機は鈍足《どんそく》の上に防御力はなきに等しい。

ドイツ本土どころか、その遥《はる》か手前で敵戦闘機の好餌《こうじ》となることは目に見えている。

かつてはドイツ空軍と互角に渡り合った英国空軍も、今は米国から供与される機体が頼りだ。

アブロ社が開発した四発重爆撃機——英国空軍に配備されていれば〝ランカスター〟と名付けられるはずだった機体の設計図や生産設備は、既にドイツに運び去られている。

ドイツに対する戦略爆撃が可能なのは、米国だけというのが現実だった。

「ドイツもそれを理解しているからこそ、我が国に参戦の口実《こうじつ》を与えぬよう腐心《ふしん》して来たのでしょう。戦略爆撃の威力は、彼ら自身がよく知っているでしょうから」

シャーマンの言葉には、どこか酷薄《こくはく》なものが感じられた。

生産設備や市街地に対する爆撃を受け、無辜《むこ》の民が犠牲《ぎせい》になるとしても、自業自得《じごうじとく》というものだ。ドイツは他国に対し、同じことをやって来たのだから
——そんなことを考えているのかもしれなかった。

「今一つ、東京《トーキョー》の大英帝国正統政府からの要望を伝えておきたい」

改まった口調で、ソマーヴィルは言った。

「ロンドンは、極力《きょくりょく》無傷で取り戻して欲しい。市街戦や市内に対する爆撃を避け、ドイツ軍が無血開城《むけつかいじょう》するように誘導して欲しい。政府だけではなく、王室御一家もそのように要望しておられる。合衆国も、その点については御留意いただきたい」

第二章　「我はテムズより退《しりぞ》かぬ！」

1

闇夜《やみよ》の中、水平線がぼんやりと浮かび上がっている。

アメリカ合衆国最大の都市ニューヨークの灯火《とうか》が、逆光となっているのだ。

「アメリカ人は、灯火管制など考えもしないようだな」

U568艦長オットー・シュトラウス大尉は、艦橋の上で呟いた。

今日は七月四日。アメリカがドイツに宣戦を布告してから、二週間近くが経過している。

アメリカ国内も戦時体制に移行していると思っていたが、ニューヨークは平時《へいじ》と変わらないようだ。

「『ドーベルマン』より通信。レーダーに反応。位置、ニューヨークよりの方位一〇〇度、四三浬。二一時三九分。目標針路二八〇度。追跡を開始する」

通信士のペーター・キュンメル一等兵曹から、報告が上げられた。

「ライネマンが発見したか」

シュトラウスは、顔をほころばせた。

「ドーベルマン」は、第七九潜水戦隊の僚艦U565の呼び出し符丁《ふちょう》だ。艦長ヘルムート・ライネマン大尉は、共に叙勲を受けた仲でもあった。

「『ドーベルマン』に『了解』と返信せよ」

シュトラウスの命令を受け、U568の通信アンテナから「『ワイマラナー』了解」との返信が飛ぶ。

第七九潜水戦隊の僚艦からも「『ドイッチェ・ドッゲ』了解」「『シェパード』了解」「『シュナウザー』了解」「『レオンベルガー』了解」との返信が飛ぶ。

第七九潜水戦隊の定数は八隻だが、イギリス本土近海の戦闘で消耗し、戦力の補充も不充分であるため、現在は六隻となっている。他の潜水戦隊も、定数を割り込んでいるものが大半だ。

「どこで待《ま》ち伏《ぶ》せをかけますか？」

航海長のヘルムート・マイスナー上級兵曹長が、伝声管を通じて聞いた。

目標の現在位置と針路から考えて、ニューヨークに向かっていることは間違いない。

U568の現在位置は、ニューヨークよりの方位八五度、一二浬。一八〇度に変針し、三浬ほど移動すれば、目標の未来位置で待ち伏せをかけられる。

「一八〇度に変針し、三浬移動。その後は一〇〇度に変針し、目標との距離を詰める。僚艦にも伝えてくれ」

シュトラウスは伝声管を通じて下令した。

ニューヨーク沖は警戒が緩《ゆる》いように感じられるが、何と言ってもアメリカ本土の間近だ。通報があれば、すぐにでも対潜爆弾を満載した爆撃機や飛行艇が駆け付けて来る。

仕掛《しか》けるには、少しでもアメリカ本土から遠い場所が望ましい。

「一八〇度に変針し、三浬移動。その後は一〇〇度に変針します」

マイスナーが復唱し、U568は左に大きく艦首を振った。

逆光に浮かび上がる水平線が右に流れ、艦の右正《せい》横《おう》に来る。

艦は、巡航速度の一〇ノットで南下を開始する。

「目標は何でしょうね？」

「貨物船か、客船か、あるいは哨戒中の軍艦か」

シュトラウスと共に艦橋で見張りの任に当たっているエルンスト・シーラッハ一等水兵の問いに、シュトラウスは答えた。

「アメリカ本土近海における無差別攻撃」が潜水艦隊司令部に命じられたのは六月二四日。

ヒトラー総統が、アメリカとの開戦を全国民に告げた翌日だ。

命令が伝達されたとき、潜水艦隊作戦参謀のヴァルター・ベルツ中佐は、シュトラウスを始めとするUボートの艦長に語っている。

「デーニッツ提督（カール・デーニッツ大将。潜水艦隊司令官）は、本作戦には反対しておられる。現在、最優先すべきは、イギリス本土からの連合軍の撃退だ。そのためには、一隻でも多くのUボートを連合軍の補給線攻撃に向けるべきだというのが提督のお考えだ。Uボートをアメリカ本土に向けたのでは、補給線への攻撃が手薄《てうす》になる」

だが、命令が総統直々《じきじき》のものである以上、従わないわけにはいかない。

潜水艦隊は、六月二四日時点でビスケー湾の潜水艦基地に在泊していたUボート全艦、合計五二隻に、アメリカ東海岸沖への出撃を命じたのだった。

「アメリカ人は、自分たちの祖国は安全だと思っている。戦争は遠いヨーロッパでの出来事であり、本土に戦火が及ぶことは決してない、と。それが幻想《げんそう》でしかないことを、奴らに思い知らせてやるのだ。アメリカ本土は決して安全ではないと思い知ったとき、アメリカ国民の怒りは、参戦を決意した大統領に向かうであろう」

ヒトラーは、海軍総司令官のエーリヒ・レーダー提督やデーニッツ提督らに語り、作戦の意図《いと》がアメリカ国民の戦意喪失にあることを強調したという。

ベルツも、シュトラウス自身も、総統の見通しには懐疑《かいぎ》的だ。

本土近海で犠牲が——それも民間人に——生じるようなことがあれば、かえってアメリカ国民の怒りをかき立てるのではないか。

先の世界大戦にアメリカが参戦したのも、有名な「ルシタニア号事件」で、アメリカの民間人約一〇〇名が死亡したことがきっかけなのだ。

アメリカ本土近海での無差別攻撃は、アメリカ国民の戦意を喪失させるどころか、復讐心《ふくしゅうしん》を煽《あお》り立て、恐ろしい報復を招くかもしれない。

作戦が始まった以上は是非《ぜひ》もないが、自分たち第七九潜水戦隊の目標は、大勢の民間人が乗る客船であって欲しくない。

アメリカ海軍の軍艦か、軍需《ぐんじゅ》物資を運ぶ輸送船であって欲しい、とシュトラウスは願っていた。

U568が一〇〇度に変針した直後、

「電波探知機《チュニス》に反応。方位二九〇度、三六浬！」

電測士を務めるブルーノ・ディーター一等兵曹が報告した。

「急速潜航。深さ八〇！」

シュトラウスは、咄嗟に下令した。

目標との距離から、発見された目標が航空機だと判断したのだ。

艦橋上に、慌《あわ》ただしい動きが起きた。

シュトラウスと共に艦橋に上がっていた三名が、瞬く間に艦内へと滑り込む。水圧に弱いチュニスのアンテナを外して、艦内に収容することも忘れない。

訓練と実戦を通じ、何十回となく繰り返した動作だけに、動きは機敏《きびん》だ。

シュトラウスは、最後に艦橋を後にする。

深度八〇まで潜ったところで、艦は動きを止め、無音潜航に入る。

「極力、艦を動かさぬようにせよ」

シュトラウスはマイスナーに命じた。

レーダーでは、潜航中の潜水艦は捉えられないが、磁気探知機の装備機を伴っている可能性がある。

やり過ごす手段はただ一つ、極力静止状態を保つことだ。

五分、一〇分と時間が経過するが、すぐには何も起きない。

仮に磁探によって探知されたとしても、そのことを知る術《すべ》はない。

対潜爆弾の着水音によって、初めてそれと分かる。

「敵の機種は何でしょうか？」

「アメリカ本土の近海なら、カタリナの可能性が高いな。PB4Yは、遠距離でのUボート捜索《そうさく》に用いるはずだ」

沈黙を破った次席将校のクラウス・ペーターゼン少尉に、先任将校のルードヴィク・ケラー中尉が答えた。

海軍情報部が調べたところでは、アメリカ海軍の対潜哨戒機には二機種がある。

飛行艇のコンソリデーテッドPBY〝カタリナ〟か四発重爆撃機のコンソリデーテッドB24〝リベレーター〟を元にしたPB4Yだ。

「カタリナの方が、幾《いく》らかはましですね。爆弾の搭載量は、元が重爆のPB4Yより少ないですから」

「探知能力は、どちらも変わらん。Uボートにとっては天敵《てんてき》だ」

ケラーの言葉に、シュトラウスはぶすりと応えた。

イギリス軍や日本軍よりは与《くみ》しやすいかもしれない、と思う。

アメリカは参戦してから二週間程度であり、兵は実戦慣れしていないからだ。

だが、そのことは口にしなかった。

三時間余りが経過したとき、

「推進機音探知。方位一〇〇度」

水測士のカール・シュプケ一等兵曹が報告した。

シュトラウスは、しばし躊躇《ちゅうちょ》した。

三時間以上が経過した現在、最初に探知した機体は立ち去っているとも考えられるが、このあたりの海面を飛び回っている可能性もある。

「潜望鏡深度まで浮上」

シュトラウスは断《だん》を下した。

海水の排出音が伝わり、艦が浮上を開始した。

海面から着水音が届いたら、深さ八〇メートルに逆戻りだ。

潜望鏡深度に達するまでの時間が、いつになく長く感じられた。

「潜望鏡上げ」

艦が停止したところで、シュトラウスは下令した。

使い慣れた潜望鏡を覗《のぞ》くと、艦の前に広がる海面と月の光が、視界に入った。

この日の月齢は一五。煌々《こうこう》たる満月だ。雷撃戦には、格好《かっこう》の夜と言える。

旋回ハンドルを回し、目標を探した。

ほどなく、求めるものが視界に入って来た。

「空母か！」

との一言が、シュトラウスの口から漏れた。

月明かりの中に、平べったい甲板と申し訳程度の小さな艦橋を持つ艦が浮かび上がっている。

紛《まぎ》れもない航空母艦だ。

針路から見て、本国への帰還を目指していると推測される。イギリスか日本、あるいはイタリアのバドリオ政府に飛行機を運んだ帰りかもしれない。

「航海、取舵《とりかじ》一杯。針路〇度」

「雷撃目標、左三〇度の敵空母！」

シュトラウスは、落ち着いた声で命じた。

U568が艦首を大きく左に振る中、全乗員が殺《さっ》気《き》をはらんで動き始めた。

U568が捕捉した目標は、アメリカ合衆国海軍の中型空母「レンジャー」だった。

合衆国海軍が、最初から空母として建造した初めての艦だが、防御力が乏しく、速度も遅く、空母としては最小限の性能しか持たないため、諸外国に供与する航空機の輸送艦として使用されていた。

このときは、バドリオ政府軍に供与する機体を運んだ帰りであり、ニューヨークまで約二時間半の海面に来ていた。

そこに、Uボートの雷撃が襲ったのだ。

「魚雷航走音、左六〇度！」

水測室から報告が飛び込むや、

「取舵一杯。針路二二〇度！」

艦長ゴードン・ロウ大佐は、泡《あわ》を食ったような声で下令した。

「取舵一杯。針路二二〇度。急げ、魚雷が来る！」

航海長レニー・ブリッジス中佐も、血相《けっそう》を変えて操舵室に下令した。

だが、「レンジャー」は基準排水量一万四五〇〇トンの大型艦だ。縦横比も九・六と大きく、舵の利《き》きは悪い。

「左舷雷跡、近い！」

と艦橋見張員が叫んだとき、艦は回頭を始めてもいなかった。

左舷艦底部から突き上げるような衝撃が襲いかかり、「レンジャー」の巨体は激しく震えた。

魚雷が一本命中する度《たび》、「レンジャー」は瞬間的に右舷側に傾き、次いで左舷側に揺《ゆ》り戻された。

ロウ艦長やブリッジス航海長ら艦橋内の要員も、格納甲板にいる整備員や兵器員も、左右に揺れ動く艦の中で振り回され、よろめいた。

衝撃が四回襲ったところで、ようやく「レンジャー」の振動が止まった。

艦は左舷側に傾斜し、その場に停止している。

被雷箇所《かしょ》付近では、流出した重油が周囲に広がると共に、海水が激しく泡立っている。左舷艦底部に穿《うが》たれた破孔から、海水が奔入《ほんにゅう》しているのだ。

格納甲板付近では火災が発生し、黒煙が周囲に広がり始めている。

ロウ艦長は、既に「総員退艦」を下令し、「レンジャー」乗員は被雷を免れた右舷側から、続々と海面に飛び込み始めていた。


「海面に着水音多数！」

「総員、衝撃に備えろ」

カール・シュプケ水測士の警報を受け、オットー・シュトラウスU568艦長は、全乗員に下令した。

現在の深度は一〇〇メートル。

アメリカ軍の空母に向け、四本の魚雷を発射した後、急速潜航をかけ、安全深度ぎりぎりの深さで息を潜めた。

シュプケは、海面で四回の爆発音を確認している。

U568が放った四本の魚雷は、全てが目標を捉えたのだ。

目標が沈めば、「赤城」「加賀」に続く三隻目の空母撃沈となるが、アメリカ軍は即座にU568への報復にかかっていた。

待つことしばし、最初の爆発が起こる。U568の左舷側だ。

爆発位置は遠く、衝撃もほとんど感じない。炸裂音でそれと分かっただけだ。

安堵する間もなく、二発目が爆発する。一発目より近く、右舷側から衝撃が襲って来る。

艦は左右に揺れ、シュトラウスも僅かによろめいたが、浸水が発生するほどではない。

三発目、四発目、五発目と、爆雷の爆発が連続するが、艦の至近における炸裂はない。

「ヘッジホッグはないようですね」

マイスナー航海長が言った。

ヘッジホッグは、昨年八月より連合軍が配備を始めた新式の対潜機材だ。

二四発をいちどきに発射し、うち一発でも目標に接触、爆発すると、他の二三発も爆発し、目標を確実に撃沈する。

ドイツ海軍ではイギリス軍の呼称をそのまま用い、「ヘッジホッグ」と呼んでいる。

そのヘッジホッグによる攻撃がないのはありがたいが――。

「アメリカは、参戦してから間がない。まだ、ヘッジホッグの供与を受けていないのだろう」

(それも、今のうちだけだ)

シュトラウスは、有り難《ありがた》くない未来像を思い描いた。

アメリカが参戦し、イギリス、日本と同盟関係を結んだ以上、遠からずアメリカ軍の駆逐艦も、ヘッジホッグの装備を始める。アメリカの工業力をもってすれば、全駆逐艦にヘッジホッグを装備するなど造作《ぞうさ》もない。

Uボートは、これまで以上に追い詰められることになる……。

シュトラウスの思考は、U568を襲った横殴《よこなぐ》りの衝撃によって中断された。

U568の艦体は激しく揺れ、今にも横転しそうなほど大きくローリングした。

左舷後部から、新たな衝撃が襲って来る。

艦は再び揺れ、艦内の全員がよろめく。

「後部発射管室に浸水！」

「防水、急げ！」

報告を受け、シュトラウスは対処指示を送る。

その間にも、新たな爆雷の炸裂が連続する。

間断《かんだん》ない爆発に、U568は嵐に巻き込まれた小舟のように揉《も》みしだかれる。

敵駆逐艦の猛攻は、唐突《とうとつ》に止んだ。

「どうした？」

シュトラウスは、頭上を見上げた。

「駆逐艦が、爆雷を使い果たしたのでは？」

マイスナーが推測を口にしたとき、

「海面で爆発音。雷撃のようです！」

シュプケが報告した。

「しめた！」

シュトラウスは、瞬時に状況を悟った。

「狼群《ヴォルフ・パック》」の僚艦――第七九潜水戦隊の戦友たちが敵駆逐艦を雷撃し、U568の窮地《きゅうち》を救ったのだ。

「逃げるぞ。両舷前進全速！」

シュトラウスはマイスナーに命じた。

潜航中は蓄電池《ちくでんち》の電力のみが頼りだ。全速航行を長時間続ければ、消耗し切ってしまう恐れがある。

それでも、今はこの場から離れることが先決だ。

「両舷前進全速！」

マイスナーが命令を復唱した。

U568は海中における最高速度の七・六ノットで、戦場からの離脱を開始した。


Uボートの襲撃による艦船の被害が生じたのは、ニューヨーク沖だけではなかった。

合衆国最大の造船所があるバージニア州ニューポート・ニューズの沖では、イギリス、日本への供与物資を満載した輸送船八隻が雷撃を受け、その場に停止している。

うち一隻は、輸送中の航空燃料に引火し、船首から船尾までが炎に包まれた状態だ。

火災炎は、夜の海面を赤々《あかあか》と照らし出し、その周辺だけを昼間へと変えている。

他の七隻――航空機の修理用部品、飛行場や防御陣地の建設用資材、食糧、医薬品等を積んだ船は、燃料運搬船のような大火災を起こしてはいないが、貨物の重量が祟《たた》り、急速に海面下へと引き込まれつつある。

どの船でも、海水は船内の隔壁《かくへき》をぶち抜き、通路や船倉、船室をも侵《おか》している。

既に船員の大半は、救命ボートに乗り、あるいは身一つで海に飛び込んで、船から少しでも遠ざかろうとしていた。

海軍工廠《こうしょう》があるバージニア州ノーフォークの沖でも、同様の悲劇が起きている。

艦船建造用の資材を運んで来た運搬船二隻、工廠で新たに竣工《しゅんこう》し、海軍に引き渡されたばかりの護衛空母二隻、対潜警戒に当たっていた駆逐艦二隻が、それぞれ雷撃を受けたのだ。

資材運搬船二隻は、ニューポート・ニューズ沖で被雷した輸送船同様、海面下に引き込まれつつある。

護衛空母二隻は沈没を免れたものの、自力での航行はできず、その場に漂うばかりだ。

駆逐艦は艦首を食いちぎられ、大きく前にのめった状態で停止している。

艦は後進によって、ノーフォークに戻ろうとしているが、艦の前部は沈下を続けており、生還できるかどうかは分からなかった。

他に、雷撃を受けた艦船は一〇隻を数える。

いずれも単独で航行中のところに、海面下からの襲撃を受けたものだ。

　ある船はその場に停止したまま、救難信号《sos》を繰り返し送信し、ある船は片舷への浸水に耐えかねて横転している。

　既に海面に没し去った船もあり、救命ボートに乗った船員が、茫然《ぼうぜん》と沈没地点を見つめていた。

　ニューポート・ニューズとノーフォークの沖では、Uボートに対する報復が始まっている。

　海軍基地から飛来したコンソリデーテッドＰＢＹ〝カタリナ〟飛行艇が、磁気探知機を駆使して潜航中のUボートを捜索し、駆逐艦は五ノット程度の速力で航進しながら、海中に探りを入れる。

「敵潜発見！」

　の報告が飛び込むや、カタリナが対潜爆弾を投下し、駆逐艦が爆雷を叩き込む。

　海中で起きた爆発の衝撃が、潜航中のUボートに襲いかかり、艦を激しく振動させる。

　浅沈度《せんちんど》での爆発は、海面に大量の飛沫《しぶき》を噴き上げ、炸裂音が駆逐艦の艦上にまで届く。

　夜が明けても、戦闘は終息する様子を見せない。それどころか、新たな艦船、航空機の参陣《さんじん》により、拡大する様相を見せ始めていた。

2

「我が合衆国は、建国以来最悪の独立記念日を迎えてしまった」

　アメリカ合衆国大統領トーマス・E・デューイは、唸《うな》るような声を発した。

「実のところ、ドイツはイギリス、日本、ソ連の三国を相手取るだけで精一杯《せいいっぱい》だろうと考えていた。特にドイツ海軍は、過去の戦いにおける消耗が激しく、合衆国海軍を相手取る余力はないだろう、とな。そのドイツ海軍が、東海岸沖で潜水艦戦を仕掛けて来るとは想定外だった」

　ドイツ海軍が、合衆国に対する直接攻撃を最初にかけて来たのは、独立記念日の七月四日だ。合衆国の最も輝かしい祝日が、惨劇《さんげき》の日に変わったのだ。

　ニューヨーク沖で、帰還途上の空母「レンジャー」がUボートの襲撃を受け、駆逐艦三隻と共に沈められたのを皮切りに、ニューポート・ニューズ、ノーフォーク、マサチューセッツ州ボストン、ノースカロライナ州ウィルミントンの沖でも、Uボートによる被害が相次《あいつ》いだ。

　Uボートの攻撃は七月八日まで続けられ、合衆国は五日間で、海軍艦艇八隻、商船三四隻を失い、軍人と民間人を合わせて、二六四七名が死亡した。

　大西洋艦隊も、七月五日以降は警戒態勢を強化し、Uボートの発見と撃滅に努めたが、短期間に四二隻もの艦艇が失われたのだ。

　参戦を決断したデューイも動揺を隠し得ず、七月九日、大統領顧問《こもん》団をホワイトハウスに招集したのだった。

「Uボートによる一連の攻撃は、合衆国の参戦に対するドイツの回答であると同時に、ヒトラーによる政治的なメッセージであると考えます。中立国の在外公館を経由して届いた情報ですが、ヒトラーは合衆国の参戦を国民に伝えるに当たり、『今後は、アメリカ国籍を持つ全ての者が、ドイツ軍の攻撃対象である』と述べたそうです。ヒトラーは自身の言葉を実行に移すに当たり、Uボートによる合衆国艦船への無差別攻撃を選んだのでしょう」

「独立記念日に攻撃を開始したのも、政治的なメッセージだろうか？」

　国務長官ハンフォード・マクナイターの発言に対し、デューイは聞いた。

　陸軍長官ヘンリ・スチムソンが、その問いに答えた。

「政治的なメッセージというよりは、悪意の表れではないでしょうか？　ヒトラーの放送については、在スイス公使館付武官からも報告が届いておりますが、かの人物は『アメリカに思い知らせてやる』と語ったそうです」

デューイは顔をしかめた。

「ごろつきの言葉《フードラム》だ。一国の指導者が口にするのに相応《ふさわ》しい言葉ではない」

「ナチスは、ごろつきの集団と大差ありません。彼らは政権を奪取するまでの過程で、暴力的な手段を度々《たびたび》用いています。暴力による脅《おど》しが合衆国にも通用すると、彼らは思ったのでしょう。東海岸沖でのUボートによる攻撃は、『合衆国本土も、決して安全ではない』ということを、具体的な形で我が国に知らしめ、戦争から手を引かせようと考えてのことかもしれません」

マクナイターの言葉を受け、デューイは尋《たず》ねた。

「『手を引かねば、より多くの合衆国国民が死ぬ。合衆国は独立記念日だけではなく、独立そのものを失うことになる』というのが、ヒトラーのメッセージかね？」

「そのように考えます」

「だとすれば、見くびられたものだ」

デューイは、小馬鹿にしたように鼻を鳴らした。

「合衆国は、自ら血を流して独立を勝ち取った歴史を持つ。圧制者の威迫《いはく》に屈するなど、我が国の成り立ちから考えてもあり得ぬ」

「同感ですな」

スチムソンが大きく頷き、海軍長官フランク・ノックスも賛意を表明した。

「本土近海における民間船多数の撃沈は、支持率低下の一因《いちいん》にならないでしょうか？」

商務長官ウェンデル・ウィルキーの疑問提起に、内務長官スタイルズ・ブリッジスが答えた。

「商務長官がおっしゃるように、政権に対する一時的な支持率の低下が起こっています」

「それは、合衆国の参戦が理由かね？」

眉《まゆ》をひそめたデューイに、ブリッジスは答えた。

「合衆国の参戦については、議会も、国民の多くも、依然強い支持を寄せています。七月四日から八日にかけての、東海岸沖での艦船撃沈については、開戦前以上に、ドイツに対する国民の強い怒りと敵愾心《てきがいしん》を呼び起こしております。六月二二日の議決の際、開戦反対に票を投じた議員の何人かは、賛成派に転じたとの報告もあります」

「すると、支持率低下の原因は？」

「本土近海における、防衛態勢の不備が理由だと考えられます。ニューヨーク・タイムズ、シカゴ・トリビューン等、社説の中で、本土近海の防衛力増強を強く訴《うった》える有力紙もありますから」

「それならば、対処は充分可能だ」

デューイは安堵したような息を漏らし、ノックス海軍長官に視線を向けた。

「合衆国の参戦後、海軍は本土近海にUボートが侵入する可能性を考えていなかったのかね？」

「そのようなことはありません。Uボートはイギリス軍や日本軍と戦うため、インド洋まで遠征しています。彼らが大西洋を横断し、合衆国近海で行動する可能性は、参戦前から想定していました」

「それにしては、被害が大き過ぎる。本土の近くで、四二隻もの艦船を沈められるなど、考えられない」

「本件につきましては、大西洋艦隊司令部が調査しております。向こう一週間以内には原因が判明すると考えられますので、改めて報告に上がります」

ノックスは、額《ひたい》の汗をハンカチで拭った。

本土近海の防衛は、言うまでもなく海軍の担当だ。それだけに、東海岸の沖でUボートの跳梁《ちょうりょう》を許してしまった責任は重い。

デューイは、重々しく頷いた。

「貴官は就任以来、誠実に海軍長官を務めて来た。その貴官が約束した以上、信じよう」

「御信頼、感謝いたします」

ノックスは一礼した。

デューイは顧問団の顔を見渡し、あらたまった口調で言った。

「本土近海における防衛態勢が確立し、Uボートの被害が減少すれば、支持率は自《おの》ずと回復するはずだ。

また、内務長官の報告によれば、本土近海における艦船被害は、戦争遂行に対する追い風となっている。軍艦はまだしも、商船が三四隻も沈み、多数の民間人が犠牲となったことで、国民の反ドイツ感情は大いに煽られた」

「ヒトラーにとっては、とんだ藪蛇《やぶへび》となったわけですな」

マクナイターは小さく笑った。

合衆国国民にドイツに対する恐怖を植え付け、反戦に向けての世論を煽ろうとしたヒトラーの目論見《もくろみ》は、正反対の結果を招いた。

先の世界大戦における「ルシタニア号事件」以上の効果を生んだと言える。

「ヒトラーは国民向けの演説で『アメリカが正式に宣戦布告した以上、遠慮は要らない』と語ったそうだが、その言葉をそっくり返してやろう。ドイツに対し、一切《いっさい》の遠慮は不要だ。奴らには、独立記念日を惨劇の日に変えてくれた報いをくれてやるのだ。戦争の結末は、ドイツの全面降伏以外にはあり得ない。ナチスのような邪悪《じゃあく》な体制は、この世に存在すべきではない」

「先は長いですぞ」

スチムソンが、難しい表情を浮かべた。

現在は、イギリス本土奪回作戦の最中だ。

同作戦に成功しても、今度はイギリスを足場にして、大陸に上陸し、ドイツ本土まで進攻しなければならない。

軍事上の最終目標は、ベルリンの占領となる。

そのために、どれほどの地上兵力が必要になるのか、と考えている様子だった。

「ベルリンへの進撃までは、必要にならない可能性もある」

デューイは、沈黙を保っていた人物に顔を向けた。

空軍長官ヘンリー・アーノルド。合衆国空軍が組織されて以来、空軍参謀総長を務めていたが、合衆国の参戦と時を同じくして、空軍行政の責任者に任ぜられた人物だ。

　戦略爆撃の可能性を信じ、参謀総長を務めていたときから、

「地上戦を行わずとも、戦略爆撃のみで敵国を屈服させることは可能である」

　と主張している。

　ドイツに対する戦略爆撃の実施については、前任の空軍長官チャールズ・リンドバーグと、度々意見が衝突したと伝えられる。

　そのアーノルドが、デューイに発言を促され、自信ありげな笑みを浮かべた。

「イギリス本土を足場とすれば、ドイツ本土の全域が、我が軍の戦略爆撃機の攻撃圏内に入ります。イギリス本土の受け入れ態勢にもよりますが、必要とあらば、Ｂ17とＢ24を合わせて、二万機以上を展開させることが可能です。これらの機体にローテーションを組ませ、昼夜《ちゅうや》を分かたずドイツ本土を爆撃すれば、ドイツの戦争遂行能力を完全に奪い去ることが可能でしょう」

「二万機以上とは大変な数ですな。ドイツの空を、我が国の爆撃機で覆い尽くせそうだ」

　マクナイターの言葉を受け、ウィルキーが言った。

「合衆国の生産力なら、その程度の機数は充分用意できます。特に戦略爆撃機は、これまでどこの国にも供与しなかったこともあり、戦力的には充実しておりますから」

「Ｂ17、Ｂ24で不足するようであれば、Ｂ29の投入も可能です。元々は、日本を仮想敵として開発した機体であり、広大な太平洋で用いるために長大な航続性能を持たせていますが、日本が盟邦となった以上、ヨーロッパでドイツ相手に用いることになりましょう」

　アーノルドは、笑いを消すことなく言った。

（恐ろしいことを、平気で口にする人物だ。前任者と衝突したのも、無理はない）

　マクナイターは、前任のリンドバーグ空軍長官を

思い出している。

リンドバーグは、ヒトラーを始めとするナチス・ドイツの要人と個人的な親交があったことに加え、彼らの反共思想にも共鳴していたため、ドイツ寄りの発言が目立つ人物だった。

合衆国の参戦にも一貫して反対意見を唱え続け、イギリスや日本への空軍機の供与にもなかなか首肯《しゅこう》しなかったのだ。

そのリンドバーグは、上下院で参戦が議決され、合衆国がドイツに宣戦を布告した二日後、辞任を申し出た。

対外的には「健康上の理由」と発表されているが、リンドバーグ自身はデューイに対し、

「一貫して親ドイツの姿勢を取って来た立場上、私は空軍長官に相応しくありません」

と伝えたという。

心情的に、ドイツと戦いたくないということもあろうが、親ドイツ派として筋《すじ》を通したとも言える。


そのリンドバーグが、あくまで空軍長官の椅子《いす》に座り続けていたら、どのように振る舞っただろうか。

ドイツに対する戦略爆撃を加えるとしても、国力の根幹を破壊しようなどとは考えず、軍事目標への攻撃に限定したのではないか。

「本当にドイツを爆撃だけで屈服させ得るのか、という疑問が残ります。過去、爆撃だけで一国を降伏まで追い込んだ先例はありません」

ノックスが発言し、スチムソンも言った。

「目論見通りに行かなかった場合、ソ連がドイツに逆進攻し、ベルリンを占領する可能性も考えられます。それは政治上、好ましいことではないと考えますが」

「その通りだ。ソ連がドイツを併合《へいごう》したり、ドイツに共産主義政権を打ち立てて傀儡《かいらい》国家にしたりするような事態になれば、連合国はソ連の勢力拡大に助力しただけになってしまう。そのような事態は避けたい」

我が意を得たり、と言いたげにデューイは頷いた。

「では、いかがなさいますか？」

マクナイターの問いに、デューイは答えた。

「戦略爆撃の開始も、地上部隊によるヨーロッパ大陸への上陸も、イギリス本土奪回後のことだ。もう少し、時間をかけて検討しよう」

3

「シェフィールドの市街地に火災煙を確認。火災は、市内の五箇所以上で発生している模様」

日本帝国陸軍戦車第一一旅団の各車に、音声通信による報告が入った。

先行する偵察班の報告だ。

米国から導入した三式軽装甲車――米国名称Ｍ８〝グレイハウンド〟三輛を装備し、本隊に先行して、敵の陣容《じんよう》を探っている。

「停止！」

旅団長岩見繁蔵《いわみしげぞう》少将の命令が飛び、街道を東に向かっていた二式中戦車、二式装甲車は、その場に停止した。

第一一旅団隷下の戦車第二一連隊で、第一中隊の隊長を務める牧口脩《まきぐちおさむ》大尉は、砲塔上に身を乗り出した。

舗装《ほそう》された幅の広い道路が、ところどころで曲がりながらも東に伸び、その先に市街地が見える。

目的地のシェフィールド。英本土の中部に位置する、英国五番目の都市だ。戦車第一一旅団の上位部隊である第一八軍にとり、特に重要な攻略目標の一つでもある。

その上空に、何条もの煙が立ち上っている。

「一中隊より連隊本部。市街地と火災煙を視認しました。目視確認した限りでは、火災発生箇所は七箇所です」

「本部了解。追って指示を待て」

牧口の報告に、連隊長の佐々木弘臣《ささきひろおみ》大佐が返答した。

「かなりの被害が出ていそうだな、あの様子じゃ」

牧口は、周囲に目を配りながら独《ひと》りごちた。

今日は七月二〇日。

連合軍がイギリス本土の西岸に第一歩を記してから五〇日余り。西部の要港リヴァプールが陥落してからは一ヶ月余りだ。

リヴァプールの陥落後、日本軍と英軍は、二手《ふたて》に分かれて内陸に進攻した。

安達二十三《あだちはたぞう》中将が率いる第一八軍はリヴァプールから東進し、中部の主要都市であるマンチェスター、シェフィールドを経て、英本土東岸のウォッシュ湾を目指している。

一方、ルイス・マウントバッテン大将の英国陸軍第三軍は南南東に進撃し、英国第二の都市バーミンガムを経由してロンドンへと向かっている。

七月二〇日の時点で、第一八軍はマンチェスターを解放し、現在はシェフィールドに進撃している。

抗独レジスタンスが届けた情報によれば、シェフィールドではマンチェスターの解放を知った市民が蜂起《ほうき》し、鎮圧に当たるドイツ軍部隊との間で、市街戦が展開されているという。

地の利は英市民側にあるが、相手は機関銃や火砲、戦車を持つドイツ軍だ。救援が遅れれば、多数の死者が出ることは間違いない。

「市民を救援すると共に、シェフィールドからドイツ軍を叩き出し、同地を奪還する」

安達軍司令官は全軍に指令し、戦車第六師団隷下の戦車第一一旅団と第四一師団を先鋒として、シェフィールドに向かわせた。

マンチェスターとシェフィールドの間には丘陵《きゅうりょう》地帯が横たわり、街道の周囲には、樹木が密生した場所も多い。

遮蔽物《しゃへいぶつ》には事欠《ことか》かず、ドイツ軍の待ち伏せ攻撃が予想される。

先遣部隊は慎重に前進したが、意外にも丘陵地帯での待ち伏せ攻撃はなく、戦車第一一旅団も、第四一師団も損害を受けることなく、シェフィールドの市街地を望める場所に到達した。

ドイツ軍が、丘陵地帯での迎撃を選択しなかった理由は分からないが、市民の蜂起を鎮圧するのに忙殺《ぼうさつ》されている可能性が考えられる。

一分でも一秒でも早く、シェフィールドに突入する必要があるはずだ。

牧口は、じりじりしながら旅団司令部からの指示を待った。

「旅団長より各隊。街道上をシェフィールドに進撃する。民家、石垣《いしがき》、樹木の陰等からの奇襲に注意しつつ前進せよ」

岩見旅団長が自ら命令を送って来た。

「第一中隊、街道上をシェフィールドに進撃します」

「一中隊、前進。時速を一〇キロに抑えろ」

牧口は復唱を返し、次いで指揮下の全車輛に命じた。

「前進します！」

中隊長車の操縦士を務める辻雄太郎《つじゆうたろう》軍曹が復唱するや、二式中戦車のジェネラル・モータース6046水冷一二気筒ディーゼル・エンジンが力強い咆哮《ほうこう》を上げ、全備重量三一・八トンの車体がゆっくりと動き始めた。

牧口の指揮下にある二式中戦車一三輛が二列縦隊《じゅうたい》で続き、後方からは第二、第三、第四の各中隊が進撃して来る。

多数の戦車が立てるエンジン音と履帯《りたい》が舗装路を踏みしめる音が夏の空気を騒がせ、マンチェスター街道の周囲に響き渡る。

街道の南側は樹木が密生し、見通しが利かないが、北側には牧草地と思われる緑の平地が広がり、民家が点在している。

民家や樹木の陰からの奇襲はない。僚車からも、「敵発見！」の報告はない。

聞こえるものは、二式中戦車の進撃に伴う轟音《ごうおん》だけだ。

「来るか……来るか……」

戦車の振動に身を任せながら、牧口は周囲を観察し続けた。

破壊された道標《どうひょう》の傍《かたわ》らを通過した直後、唐突にそれは起きた。

左前方に位置する民家の正面に、閃光《せんこう》が走ったのだ。

「発射炎、左四五度、二二《フタフタ》（二二〇〇メートル）！」

咄嗟に牧口が全車に警報を送ったとき、周囲の大気が震え、牧口車の右後方から、炸裂音と爆風が伝わった。

敵は先頭に位置する牧口車を狙ったが、射弾は後方に着弾したのだ。

「一中隊より連隊本部。敵発見、左四五度、二二《フタフタ》。今より攻撃します！」

「牧口一番より一中隊。目標、左四五度、二二《フタフタ》の敵。全車、突撃せよ！」

牧口は後方の連隊本部に報告を送り、次いで麾下《きか》全車に下令した。

砲塔内に滑り込み、ハッチを固く閉ざした。

このときには、敵が第二射を放っている。

閃光が走ってから四秒後、牧口車の左前方に爆炎が躍《おど》り、大量の土砂が噴き上がった。

炸裂音は、耳を聾《ろう》するばかりだ。かなりの大口径砲であることをうかがわせる。

敵が第三射を放ったときには、第一中隊の二式中戦車は一斉に左の信地《しんち》旋回をかけ、敵に車体正面を向けていた。

直後、牧口車の後方から異様な音が届いた。

金属塊《かい》同士をぶつけた音を、何倍にも拡大したような音だ。

「この距離で直撃か！」

牧口は、驚きの声を上げた。

戦車同士の戦闘距離は、遠くても一〇〇〇メートル前後だ。その倍以上の距離から砲撃し、命中させるとは、尋常《じんじょう》な腕ではない。

敵は戦車ではなく、加農砲ではないか。

「酒井《さかい》二番より牧口一番。二小隊長車被弾！」

無線電話機のレシーバーに、悲痛な声で報告が届いた。

第二小隊二号車からの報告だ。第二小隊を率いる酒井元信《もとのぶ》中尉の二式が、敵弾をまともに受け、その場に擱座《かくざ》したのだ。

「牧口一番、了解！」

とのみ、応答を返す。

第一中隊の各車は、突撃に移っている。

高速で回転する履帯が、牧草を引きちぎって巻き上げ、土煙《つちけむり》を上げながら、敵が身を潜める民家に向かって突進する。

牧口の一号車は、中隊の先頭に立つ。

全速で距離を詰め、七五ミリ弾を叩き込んで、息の根を止めるのだ。


「牧口一番より一中隊。一小隊は右、二小隊は左に回れ！」

牧口が麾下全車に指示を送ったとき、前方に新たな発射炎が閃いた。

四秒ほどの間を置いて、左後方から炸裂音が届き、爆風を受けた車体が僅かに揺れる。

また一輌、部下の車輌がやられたのだ。爆発の大きさから見て、車内の七五ミリ弾が誘爆を起こした可能性が高い。

「連隊本部より命令。一中隊、後退せよ！」

佐々木連隊長の声が、レシーバーに飛び込んだ。

「一中隊、了解。後退します！」

「牧口一番より全車へ。全速後退！」

牧口は即座に復唱を返し、次いで麾下全車に命じた。

各車が次々と超信地旋回をかけ、土煙が空中に舞い上がる。

旋回を終えた二式は、敵に背を向け、全速で避退《ひたい》する。

通常は、敵に正面を向けての後進になるが、二二〇〇メートルの距離で二式の正面装甲を撃ち抜ける敵が相手では、正面だろうと背面だろうと同じだ。

「敵に背中を見せるのは卑怯《ひきょう》」などと言っていられる状況ではない。牧口は第一中隊、二四輛の戦車と一一九名の部下を預かる立場なのだ。

旋回中の二式が、横合いから敵弾をまともに受け、黒煙を上げてその場に停止する。

更にもう一輛の二式が、敵に背を向けたところで直撃弾を受け、炎上する。

「逃がさぬ」

そんな敵の声が、聞こえたような気がした。

「本車も後退します！」

「砲塔、後方に向けます！」

辻が超信地旋回をかけ、砲手の大場《おおば》久太郎《きゅうたろう》曹長が旋回ハンドルを回す。

指揮車の車体が敵に背を向け、砲塔だけは敵に向けられる。

新たな敵の射弾が、唸りを上げて飛来する。

今度は狙いが外れ、地上に落下して、大量の土砂を噴き上げる。

入れ替わるようにして、砲弾の飛翔音が一中隊の頭上を通過した。

敵が隠れる民家の周囲に、弾着の爆炎が続けざまに躍り、炸裂音が牧口車にも届いた。

「しめた！」

牧口は、快哉《かいさい》を叫んだ。

後方に展開していた、機動山砲小隊の援護射撃だ。

山砲はその名の通り、山岳地帯での運用が可能な火砲だ。野砲よりも射程が短く、威力も小さい代わり、軽量で移動しやすい。

機動山砲小隊が一二輛を装備する三式機動山砲は、米国から導入した二式装甲車の後部に九四式山砲を載せ、機動力を高めたもので、八五〇〇メートルの最大射程を持つ。

戦車戦に際しては、後方に展開し、敵戦車の随伴《ずいはん》歩兵や迫撃砲の掃討に当たる。

その機動山砲が、戦車部隊の頭越しに、重量六・三四キロの七五ミリ弾を放ったのだ。

敵が隠れ潜む民家の周囲で、次々と七五ミリ弾が炸裂し、大量の土砂を噴き上げる。

七五ミリ弾は民家にも直撃し、大量の破片が八方に飛び散る。

民家は黒煙を噴き上げ、炎に包まれ始める。

新たな発射炎が閃くことも、敵弾が飛来することもない。

四輌の二式中戦車を破壊し、二〇名の部下を殺した忌々《いまいま》しい砲陣地も終わりだと思ったが――。

「……！」

牧口の口から呻き声が漏れた。

民家が大量の火の粉を撒《ま》き散らしながら崩壊し、敵が巨体を揺すって現れたのだ。

台形《だいけい》の車体と砲塔は、人家に匹敵するほど大きく、突き出している砲は、要塞砲かと見紛《みまが》わんばかりに長い。

ドイツ軍の戦車、それも識別表にない新型戦車に間違いない。

だが牧口の目には、人間が作ったものではなく、人知《じんち》を超えた存在に見えた。炎上し、崩れる家の中から出現したものは、炎で焼かれようともびくともしない、怪物のように見えたのだ。

その怪物の鼻先《はなさき》――戦車砲の砲口に、真っ赤な閃光が走った。第一中隊の二式四輌を屠《ほふ》ったものと同じ明るさを持つ発射炎だった。

牧口車の右前方を避退中の二式が、車体後部に直撃を受ける。

直後、砲塔は首を刎《は》ねられたように吹っ飛び、鈍い爆発音と共に、車体が炎に包まれる。

「一中隊より連隊本部。敵は重戦車。新式と認む。今より攻撃する！」

「牧口一番より一中隊。全車反転。全速前進。敵戦車に向かう！」

牧口は連隊本部に早口で報告し、次いで麾下の全車に命じた。

避退していた二式が次々と停止し、超信地旋回をかける。

旋回中の二式がまた一輌、敵弾を受けて炎上するが、残存車輌は敵の新型戦車に正面を向け、再び突撃を開始する。

「連隊本部より命令。全車突撃せよ。一、三中隊は右翼、二、四中隊は左翼。各車、距離一〇《ヒトマル》（一〇〇〇メートル）にて射撃開始！」

牧口のレシーバーに、佐々木の声が響いた。

敵は、二〇〇〇メートル以上の距離で二式を正面から撃破できる強力な重戦車だ。全体の大きさから見て、防御力も高いと予想される。

エジプトで、戦車第二師団を苦しめた六号重戦車ティーガーを上回るかもしれない。

そのような強敵には、連隊が総掛かりで当たると、佐々木は判断したのだ。

「牧口一番より一中隊。敵の右に回る。続け！」

牧口は、全車に下令する。

残存車輌は自車を含めて一八輌だが、戦意は衰《おとろ》えていない。ティーガーを上回る重戦車であろうと、側面や後面は弱いはずだ。側方や後方に回り込めば仕留《しと》められる。

辻が信地旋回をかけ、牧口車を右に旋回させる。

大場が旋回ハンドルを回し、砲塔正面を敵戦車に向ける。

牧口車に誘導され、一七輌の二式が、敵戦車の右方に全速力で回り込む。

敵戦車の砲口に、新たな発射炎が閃く。

牧口車の砲塔が揺れ、後方で爆発が起こる。

敵弾は一号車の砲塔付近を通過し、後続車を直撃したのだ。

敵戦車の砲が、新たな咆哮を上げる。

また一輌、第一中隊の二式が直撃を受け、轟音を上げて爆砕される。

戦闘と呼ぶより射撃演習に近い。演習と異なるのは、標的となる戦車が被弾する度に、五名の乗員の命が消えてゆくということだ。

「敵距離一二《ヒトフタ》（一二〇〇メートル）！」

「全車、もう少しだ。頑張れ！」

大場の報告を受け、牧口は中隊全車に呼びかけた。

残り二〇〇メートルを前進するまでの間に、一中隊は更に一輌を爆砕された。

「距離一〇《ヒトマル》！」

「停止！　てっ！」

大場の報告と同時に、牧口は下令した。

牧口車が停止し、一拍《いっぱく》置いて、強烈な砲声が砲塔内を満たした。牧口の二式が、この日最初の射弾を放ったのだ。

後続車輛も、牧口車の周囲に停止する。

砲口に発射炎が閃き、砲声が大気を震わせる。

牧口車の射弾は、狙い過《あやま》たず敵戦車の車体正面に命中した。

火花が散ったように見えるが、それ以上のことは起こらない。後続車の射弾も同様だ。

二式の七五ミリ弾は、容易く撥《は》ね返されたのだ。

砲弾の飛翔音が頭上を通過した。敵戦車の周囲で爆発が起こり、大量の土砂が噴き上がった。

三式機動山砲の援護射撃だ。

「一中隊突撃。〇五《マルゴ》（五〇〇メートル）まで詰める！」

牧口の下令を受け、一中隊が突撃を再開する。

後方からは三中隊が続き、敵戦車の左翼には、二中隊が回り込む。

敵戦車の砲が、新たな発射炎を閃かせることはない。後方から弓なりの弾道を描いて打ち込まれる七五ミリ弾が、敵戦車の砲を封じている。

「敵戦車、後退しています！」

大場が叫んだ。

後方から撃ち込まれる七五ミリ弾が、敵戦車の前方で爆発している。敵が山砲の照準を外すべく、後ろに下がっているのだ。

立ちこめる爆煙の中に、敵戦車の発射炎が閃いた。一中隊ではなく、第二中隊の隊列の中に、外れ弾の爆煙が噴き上がった。

二中隊に向けての第一射、第二射は外れたが、三発目が直撃する。

先頭に位置する二中隊長車——高坂博志《こうさかひろし》大尉の二式が、巨大な火焔を噴き上げて爆砕される。

一中隊が五〇〇メートルまで接近する間に、二中隊の二式が更に三輌、爆砕された。

砲塔は一〇メートル以上も吹き飛び、残された車体から噴出する黒煙が風に吹かれて、健在な戦車の視界を遮《さえぎ》る。

「〇五《マルゴ》！」

「停止。てっ！」

大場の報告を受けるや、牧口は大音声《だいおんじょう》で下令した。

覘視孔《てんしこう》からは、敵戦車の姿が見える。味方戦車の火災煙や、機動山砲の射弾が噴き上げる爆煙に視界を遮られるものの、戦闘を開始したときよりもずっと大きく、はっきり見える。

車体は台形だが、砲塔はこれまでに見たどのドイツ戦車にも似ていない。砲塔正面は被弾確率を下げるためだろう、小さく絞り込まれている。砲塔全体が、ふいごを思わせる形状だ。

その敵戦車目がけ、二式の七五ミリ砲が轟然と火を噴いた。

牧口車だけではない。残存する一四輌が射弾を浴びせ、七五ミリ弾が敵戦車の砲塔に、あるいは車体に命中する。

一発が車体下部に命中し、閃光と共に、履帯がなだれ落ちる様が見て取れる。履帯だけではなく、転輪も一、二個、吹き飛ばしたようだ。

「しめた。奴の足を止めた！」

牧口が快哉を叫んだとき、敵戦車の砲塔が一中隊に向かって旋回し、砲口に発射炎が閃いた。

日本陸軍 三式機動山砲

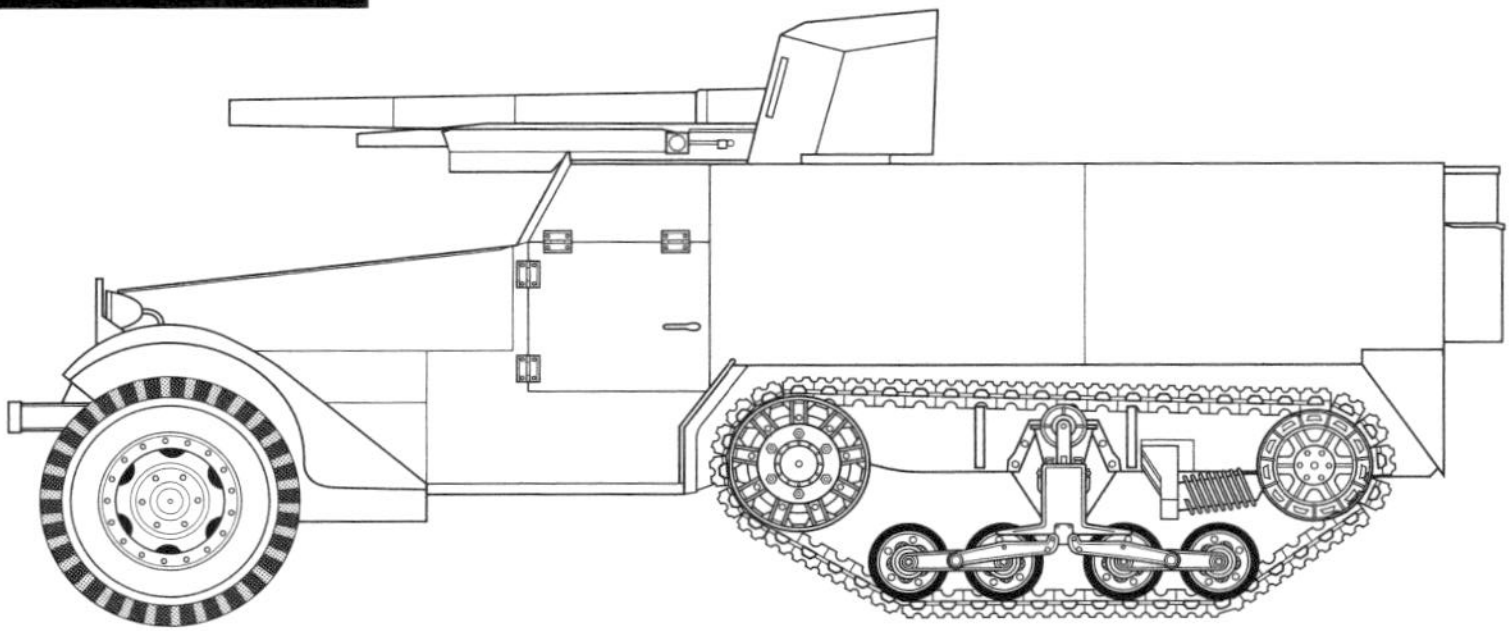

全長	6.2m
全幅	2.2m
戦闘重量	8.2トン
発動機	6気筒液冷ガソリンエンジン 150馬力
最大速度	72km/時(整地)
兵装	75mm 九四式山砲×1門
	7.62mm 機銃×1丁
乗員数	6名

米軍から導入した二式装甲車（M3ハーフトラック）に、九四式山砲を搭載した支援車両。九四式山砲は、昭和10年に制式採用された中口径野戦砲で、歩兵部隊での運用を考え、小さく分解できるよう設計されている。歩兵や非装甲車両を対象とした榴弾のほか、発煙弾、照明弾、さらには対戦車用成形炸薬弾（タ弾）も発射可能で、さまざまな局面で活躍している。

この九四式山砲を二式装甲車に搭載することで機動性を高めた本車は、戦車戦において敵の随伴歩兵や迫撃砲部隊を攻撃し、味方戦車を支援する。

距離が近くなったにも関わらず、被弾する二式はない。火災煙や爆煙に遮られ、照準が不正確になっているのかもしれない。

「一中隊、突撃！　もっと近づく！」

牧口は、新たな命令を発した。

米国製のディーゼル・エンジンが高らかに咆哮し、停止していた二式が走り出す。一中隊の残存車輛一四輛も、牧口車に続く。

敵戦車の砲が、更に吠《ほ》え猛《たけ》る。

砲口に発射炎が閃き、周囲に立ちこめる煙が吹き飛ばされるが、被弾する二式はない。視力を奪われた剣士が、闇雲《やみくも》に刀を振り回しているようだ。

それでも一発が、牧口車の砲塔至近を通過した。横合いから力任せに殴られるような衝撃を感じ、牧口は思わず呻き声を上げた。

「中隊長殿、御無事ですか⁉」

「大丈夫だ。敵弾がかすめただけだ」

大場の問いに、牧口は即答した。

二式は、決して防御力の乏しい車輛ではない。車体装甲厚は最大一〇三ミリと厚く、自車の七五ミリ砲であっても、近距離から撃たねば貫通は難しい。

その二式に、かすめただけで凄まじい衝撃を与えるのだ。直撃を受けた戦車の車内は、どのような惨状《じょうてい》を呈《てい》しているか。


立ちこめる煙を隠れ蓑《かくれみの》に、第一中隊は二〇〇メートルまで距離を詰めた。

「〇二《マルフタ》！」

「停止。てっ！」

大場の報告が届くや、牧口は下令した。

戦車砲にとっては、砲口を目標に押し当て、引き金《がね》を引くに等しい距離だ。敵戦車の装甲が幾ら厚くとも、貫通するはずだ。

二式の七五ミリ砲が咆哮し、ほとんど間を置かずに、敵戦車の車体側面に命中の火花が散る。

麾下の二式も、二〇〇メートル前後の至近距離から、次々と七五ミリ弾を撃ち込む。

敵戦車の砲塔に、車体に、直撃弾の閃光が走り、金属的な破壊音が響く。

ひとしきり、七五ミリ弾を撃ち込んだところで、風が黒煙を吹き散らし、敵戦車の姿が露《あら》わになる。

その車体や砲塔の側面に、複数の破孔が穿たれているる様を、牧口は確認した。

敵戦車は、ぴくりとも動く様子がない。

一中隊が至近距離から叩き込んだ一五発の七五ミリ弾が、ようやく敵の新型戦車を仕留めたのだ。

「一中隊より連隊本部。敵新型戦車の車体、砲塔に破孔多数。停止を確認しました！」

安堵の息を吐き出しながら、牧口は連隊本部に報告した。

何という化《ば》け物《もの》だ――と、口中で呟いた。

僅か一輌で、二式中戦車一個連隊、及び機動山砲小隊と戦い、一三輌もの二式を破壊したのだ。

ドイツ軍は、途轍《とてつ》もない怪物を戦場に送り出したものだ、と思わずにはいられなかった。

「連隊本部より一中隊。よくやってくれた」

「大勢の部下を、死なせてしまいました」

賞賛の言葉を送って来た佐々木に、牧口は応えた。

一中隊だけで九輌、四五名の戦車乗員が戦死した。中隊だけにとどまらず、戦車第六師団全体にとっても、大きな痛手《いたで》と言える。

「犠牲は大きかったが、進撃路は開かれた」

佐々木の言葉を聞いて、初めて牧口は、自分たちの本来の目的を思い出した。

「敵新型戦車の撃破は、あくまで通過点だ。目的はシェフィールドの解放と、同地の英国民の救援だ。我が軍はシェフィールドへの道を開き、英本土全土の解放に向けて、確実に一歩を進めたのだ」

4

同じ頃、南部ロシアの要衝《ようしょう》ロストフでは、激しい砲声が間断なく轟《とどろ》いていた。

同地は、ヴォルガ河畔《かはん》のスターリングラードやソ連最大の油田があるカスピ海沿岸のバクーと、ウクライナの主要都市を結ぶ交通の要所にあり、ドイツ南方軍集団が戦力の過半を展開させていたが、この日、ソ連軍が大規模な反攻を開始したのだ。

南方軍集団も装甲部隊の主力を投入し、市の南側を流れるドン川の河畔で、独ソ両軍を合わせて一五〇〇輛にも上る戦車、自走砲が激突した。

ドイツ陸軍が、新たな装甲部隊の主力として位置づけている五号中戦車パンターは、快速を活かして戦場を疾駆《しっく》し、ソ連軍装甲部隊の側方に回り込む。

シェフィールド近郊で、日本軍の戦車第一一旅団を苦しめた新型戦車——六号重戦車ティーガーⅡは、七一口径八八ミリ砲の長射程にものを言わせ、遠距離からソ連軍の戦車や自走砲を狙い撃つ。

最も数が多い四号戦車は、敵との距離を詰め、あるいは側方や後方に回り込もうと試みる。

これに対して、ソ連軍の戦車部隊は遮二無二《しゃにむに》突進して来た。

T34の戦車砲を八五ミリ砲に改めると共に、砲塔も手直ししたT34／85も、T34の車体に固定式の砲塔と一〇〇ミリの大口径砲を装備したSU100自走砲も、八五ミリ砲装備の重戦車KV85も、エンジンを唸らせ、履帯を高速で回転させ、土煙を盛大に巻き上げながら、ドイツ軍の戦車部隊に向かって来る。

T34／85やSU100の周囲に、外れ弾の土埃《つちぼこり》が舞い上がり、引きちぎられた草花が舞う。

至近弾の衝撃に車体を震わせながら、なお突進するT34／85やSU100を、ティーガーⅡの八八ミリ砲弾が正面から捉える。

砲塔や車体正面に破孔が穿たれるや、めくるめく閃光が走り、T34／85の砲塔が吹っ飛ぶ。

SU100は、固定式砲塔の内部で一〇〇ミリ砲弾が誘爆を起こし、砲塔の天蓋《てんがい》や側面が大きく引き裂かれて火焰が湧き出す。

ソ連軍戦車隊の側方に回り込んだパンター、四号も、敵戦車の側面を狙って七五ミリ弾を放つ。

Ｔ34／85、ＫＶ85も砲塔を旋回させ、轟然たる砲声と共に八五ミリ砲を発射する。

車体側面に七五ミリ弾を喰らったＴ34／85やＫＶ85が、黒煙を噴き上げながら動かなくなり、砲弾の誘爆を起こしたＳＵ１００が、自走砲の形をした炎の塊に変わる。

ドイツ軍の戦車にも、敵弾が次々と命中する。

近距離から八五ミリ弾を喰らったパンターが轟音を上げて爆砕され、四号戦車が一撃で擱座する。

被弾炎上した戦車からは黒煙が噴出し、健在な戦車の視界を遮る。

「視界不良！　敵戦車、視認できません！」

各戦車の車内で砲手の叫び声が上がり、戦車長が「停止！」あるいは「速度落とせ！」を、操縦士に命じる。

パンターも、四号も、Ｔ34／85やＳＵ１００も黒煙が漂う中、敵を探して動き回る。

視界内に飛び込んで来た戦車があれば、まず砲を向ける。敵と判断すれば、即座に射弾を叩き込む。

同士打ちとなる戦車や自走砲、更には味方同士で衝突する戦車が随所で発生し、炸裂音や金属的な叫喚《きょうかん》が上がる。

戦闘は、上空でも展開されている。

「カノンフォーゲル」と呼ばれる対戦車砲装備のユンカースＪｕ87〝スツーカ〟が、Ｔ34／85やＫＶ85の頭上から襲いかかり、砲塔の天蓋に三七ミリ対戦車砲弾を撃ち込む。低空に舞い降りたユンカースＪｕ88は、敵戦車、自走砲の頭上から、重量六〇キロの小型爆弾をばら撒く。

ソ連軍も、自国製の襲撃機イリューシンＩｌ2〝シュトルモヴィク〟やペトリャコフＰｅ2といった機体を繰り出し、ドイツ軍の戦車、自走砲を叩く一方、ヤコブレフＹａｋ9、ラボーチキンＬａＧＧ3といった戦闘機で、Ｊｕ87、Ｊｕ88を墜としにかかる。

「腹の中にキャビアを抱えたチョウザメのようだ」と呼ばれた機体——アメリカから供与されたベルP39〝エアラコブラ〟も低空を飛び回り、機首に仕込んだ三七ミリの大口径機銃で、パンターや四号、ティーガーを狙い撃つ。

戦闘は、いつ果てるともなく続く。

エンジン音、履帯が大地を踏みしめる音、大小の砲声、命中時の打撃音、炸裂音、炎が風に吹かれる音、航空機の爆音、機銃の連射音、被弾・撃墜された機体が大地に激突し、砕《くだ》ける音、将兵の怒号、絶叫、呻き声——それらが渾然一体《こんぜんいったい》となり、ドン河畔の大地を揺るがす。

漂い流れる黒煙に乗って、戦場の臭気が広がる。

砲弾の硝薬、燃えるガソリンや軽油、焼かれる鋼《こう》鈑《はん》、戦車や装甲車の中で火葬《かそう》を施される兵の肉体。それらが混ざり合った、胸の悪くなるような悪臭が、絶え間《たま》なく噴出する黒煙と共にドン川の川面を覆い、ロストフの市街地にまで流れ込む。

永遠に続くようにも感じられた戦闘ではあったが、砲声や爆発音は次第《しだい》に間遠《まどお》に、散発的になり、やがて止んだ。

戦場にはなお火災煙が立ちこめ、その下には何百輛という戦車や自走砲、墜落した航空機の残骸《ざんがい》が横たわっている。

それらの陰から聞こえるのは、負傷兵の呻き声だ。戦友を救出すべく、歩兵や衛生兵が残骸の間を走り回っているが、彼らが敵兵と遭遇するや、その場で銃撃戦が始まる。

放置されている負傷兵の声は、時間の経過につれてか細いものとなってゆく。

ロストフの市街地はドイツ軍の占領下にあるものの、勝敗は判然《はんぜん》としない。

双方共に、失った戦闘車輌や航空機の数、戦死者数も不明のままだ。

ロストフを巡る戦いが明日以降も続くことは確か

だが、決着がいつになるのか、最終的な勝者がどちらになるのかは、誰にも分からなかった。

5

陸軍戦闘機隊の三式戦闘機「熊鷹」と敵機の空中戦は、蒼空に白い紋様《もんよう》を描いているように見えた。

白い飛行機雲が、上下に、あるいは左右に引き延ばされ、無秩序《むちつじょ》に絡み合ってゆく。

その飛行機雲も、高速で飛び交う戦闘機が巻き起こす気流に切り裂かれ、散り散りになるが、また新しい飛行機雲が、それまでとは異なる紋様を描いてゆく。

戦闘は、一方的に推移《すいい》しているようだ。

通称「シュワ公」――メッサーシュミットMe262の出現以来、連合軍の戦闘機隊は押される一方となっている。

リヴァプールとその周辺に飛行場が確保され、陸軍航空隊と英国空軍が進出したことで、英本土西部の制空権は連合軍が確保したが、東部の制空権は、今なおドイツ軍が握っているのだ。

第一次英本土航空戦では、英軍戦闘機隊が数で勝るドイツ空軍部隊を相手に一歩も退《ひ》かぬ戦いを繰り広げ、時の英国首相ウィンストン・チャーチルから、

「人類の歴史の中で、かくも少数の人が、かくも多数の人を守ったことはない」

と絶賛《ぜっさん》されたが、現在は圧倒的な速度性能を持つ少数のMe262に対し、連合軍の航空部隊が数の力で対抗して、戦線を均衡《きんこう》状態に保っていた。

空中戦は、ほどなく終息した。

猛速で飛び回っていたMe262が機首を東に向け、離脱に移る。

Me262に追いすがろうとする熊鷹もあるが、間もなく追跡を断念し、反転する。

「高度四〇《ヨンマル》（四〇〇〇メートル）にて待機する。別《べつ》命《めい》あるまで無線封止」

海軍第二〇二航空隊の隊長会田一也《あいだかずや》少佐の声が、無線電話機のレシーバーに響いた。

第三中隊長長坂治《ながさかおさむ》大尉は「長坂一番より中隊全機へ」と命令しようとして止めた。

米国製の無線電話機が導入されてから、音声でのやり取りに慣れてしまい、いつもの癖《くせ》が出たのだ。

(便利な機材に慣れると駄目《だめ》だな)

苦笑しつつ、長坂は機首を上向けた。

第一、第二中隊の後方から上昇すると共に、第三中隊の七機を高みへと誘導した。

第二〇二航空隊は、第一一航空艦隊隷下の第二三航空戦隊に所属している。

英本土奪回作戦の開始後、マン島の飛行場に移動したが、現在はリヴァプールの南東に設けられた飛行場から、同地の防空や陸軍部隊の支援に当たっている。

定数は三式艦上戦闘機「炎風《えんぷう》」五六機だが、これまでの戦闘で消耗し、現在稼働《かどう》状態にあるのは四二機だ。

うち三二機、四個中隊が、この日の作戦に参加し、英本土の西部――ロンドンの東に位置するサドベリー飛行場の近くに展開していた。

高度計の針が四〇〇〇メートルを指したところで、機体を水平に戻し、旋回待機に入る。

炎風の航続性能は九四八浬。

一三〇〇浬以上の航続性能を誇った零戦に比べれば短いが、英本土上空で使うには充分な性能だ。

燃料切れよりも恐ろしいのは、ドイツ空軍がMe262の新手《あらて》を送り込んで来ることだ。

日本軍の現用主力戦闘機の中で、最速の機体は陸軍の熊鷹だが、その熊鷹もMe262には歯が立たない。

炎風の最大時速は、その熊鷹より遅いのだ。Me262に襲われたら、惨敗は目に見えている。

「Me262と遭遇したときには、地上すれすれまで降下し、離脱を図れ」

と命じられているが、逃げ切れる自信は全くない。

戦闘機乗りとしては情けないが、Ｍｅ２６２が出現しないよう祈るしかなかった。

三〇分ほどが経過したとき、

「指揮所より会田隊。目標、ヘイルスワース上空」

無線機のレシーバーに音声通信が飛び込んだ。

「無線封止解除。全機、続け！」

会田少佐の声がレシーバーに飛び込み、第一中隊の八機が次々に機体を翻した。

「長坂一番より中隊全機へ。針路四五度、全速！」

長坂が麾下全機に命じたときには、古川《ふるかわ》孝《たか》大《し》尉の第二中隊が、第一中隊に続いて変針している。

長坂も麾下七機を誘導しつつ、一、二中隊の後を追う。

ヘイルスワースは、サドベリー飛行場の北東に位置する飛行場だ。

ドイツ軍は、サドベリーの上空で戦闘機の掃討戦を展開したが、二〇二空は作戦目標として、より海に、すなわち大陸欧州に近い場所を選んだのだ。

長坂は、エンジン・スロットルをフルに開く。

首を後ろに振られるような勢いで、炎風の機体が加速される。

機種転換前に乗っていた零戦よりも太く、逞《たくま》しい機体だ。一見《いっけん》、鈍重《どんじゅう》そうだが、速度性能は高い。

「羆《ひぐま》が空を飛んでいるようだ」

とは、北海道《ほっかいどう》出身の搭乗員が評した言葉だが、むべなるかなと思う。

その「空飛ぶ羆」が三二機、フル・スロットルの爆音を轟かせながら、北東――ヘイルスワースの飛行場上空へと向かう。

五分ほどで、目標が視界に入る。

直線的な胴体と、膨れた機首を持つ双発機。

ユンカースＪｕ88だ。機数は、三〇機から四〇機。

Ｍｅ２６２が戦闘機を掃討し、一時的に制空権を握ったところに、Ｊｕ88やＨｅ１１１が飛来し、ドイツ軍の地上部隊に補給物資を投下する。

その阻止が、二〇二空の任務だった。

「前下方に敵機。全機、突入せよ。一機も逃がすな！」

会田の命令が、レシーバーに響いた。

第一中隊は速力を緩めることなくJu88の編隊に機首を向け、第二中隊もこれに続く。

「長坂一番より三中隊、続け！」

長坂も麾下全機に下令し、機首を押し下げた。

前方に、一、二中隊の一六機が見える。二機一組のペアに分かれている。

突っ込んで来る炎風を認めたのか、Ju88が散開した。

敵機の下方で、次々と落下傘が開く様が見える。撃墜される前に、空輸してきた補給物資を投下したのだ。

「四中隊目標、補給物資！」

会田の指示が飛ぶ。

ちらと後方を見ると、土井恒夫《どいつねお》大尉が率いる第四中隊の八機が、次々と機体を横転させ、垂直降下に移る様が見える。

落下傘を銃撃し、補給物資を地上に落下させるのだ。三〇〇〇メートルの高度から落下すれば、補給物資の多くは使用不能になる。

長坂は前方に向き直り、中隊の七機を誘導する。

「中隊散開！」

を下令し、自身は平川正巳《ひらかわまさみ》上等飛行兵曹の二番機を従えて、Ju88の一機に狙いを定める。

既に物資の投下を終えたためだろう、Ju88は東に機首を向け、全速で避退にかかっている。

ドイツ軍の爆撃機の中では足が速く、運動性も高い機体だが、戦闘機とは比較にならない。炎風とは時速にして、一〇〇キロ以上の差がある。

長坂と平川のペアは、後ろ上方から追いすがる形で、Ju88との距離を詰めてゆく。

Ju88の胴体背面に発射炎が閃き、二条の火箭が噴き延びた。旋回機銃の射手が、コクピットの後部に設けられた七・九二ミリ機銃二丁を放ったのだ。

長坂は左右に、不規則に機体を振り、敵弾をかわした。

照準器の白い環をＪｕ88の機体中央に合わせ、発射ボタンを押した。

両翼に閃光が走り、一二・七ミリ弾の青白い曳痕がほとばしる。無数の曳痕が、敵機を包み込むように殺到する。

長坂は一連射を浴びせた後、急降下によって離脱する。後方の平川も、Ｊｕ88に射弾を叩き込んだはずだ。

機首を引き起こし、頭上を見上げると、Ｊｕ88が左主翼から黒煙を引きずりながら、墜落してゆく様が見える。

何とも、あっさりした戦闘だ。Ｊｕ88とは、零戦搭乗時に対戦した経験があるが、もう少し手こずらされた記憶がある。

「中隊長、左に敵機！」

平川が注意を喚起した。

左前下方に、避退中のＪｕ88が見える。

敵機は、既に海上へと逃れている。海を越え、大陸に逃げ込んでしまえば助かる――そんな敵の思惑《おもわく》が見て取れた。

「逃がすか！」

一声叫び、長坂は敵機を追う。

炎風とＪｕ88の距離がみるみる詰まり、照準器の環に捉えた姿が拡大する。

Ｊｕ88は右に、左にと機体を振る。胴体背面の機銃座から、七・九二ミリ弾の火箭を放つ。

死《し》に物狂《ものぐる》いの抵抗だが、炎風にはほとんど効果がない。

長坂が一連射を叩き込むや、機銃座の内側が真っ赤に染まり、旋回機銃が沈黙する。

Ｊｕ88の右下方に離脱した長坂機を、細い火箭が追って来る。

胴体の後方から打撃音が届く。七・九二ミリ弾が何発か、命中したようだ。

衝撃はほとんどなく、計器類も異常を示していない。米国製の頑丈な機体は、ドイツの小口径機銃弾に余裕で耐えている。

（零戦じゃ、こうはいかんな）

そんなことを考えつつ、長坂は機首を引き起こす。

零戦は運動性能の高さと二〇ミリ機銃二丁の大火力、長大な航続性能を併せ持つ機体だったが、被弾には極端に弱い機体だった。

今になってみれば、よくあれほど脆《もろ》い機体で戦っていたと思う。

後方を振り返り、Ｊｕ88の撃墜を確認する。

前方に向き直ると、海面の向こうに陸地の影がうっすらと見える。

Ｊｕ88と戦っている間に、英本土と欧州大陸の中間付近まで進出していたようだ。

「長坂一番より二番、戻るぞ」

平川に声をかけたとき、レシーバーに苦悶《くもん》するような声が入って来た。

「平川⁉」

叫び声を上げたとき、機体の後部から、被弾の衝撃が襲って来た。

後ろ上方を振り仰《あお》いだ長坂の目に、鼻面《はなづら》が尖った機体が映る。

「畜生《ちくしょう》！」

失態を悟りながらも、長坂は咄嗟に操縦桿を右に倒した。

炎風は、右の翼端を真下にして降下に転じる。

垂直降下に移った炎風を、敵戦闘機――メッサーシュミットＢｆ１０９二機が追って来る。

英本土から帰還する爆撃機を援護するため、大陸側の基地から出撃した機体であろう。

「平川、応答しろ、平川！」

長坂は部下の名を呼ぶが、応答はない。平川機は、既に墜とされた可能性が高い。

長坂は降下を続ける。背後から、Ｂｆ１０９二機が迫って来る。

　バックミラーに映る姿が、じりじりと拡大する。機首に仕込んだ二〇ミリ機銃が、今にも火を噴きそうに見える。

　長坂は、海面と高度計の針、Ｂｆ１０９の機影を交互に見る。

　高度は一〇〇〇メートルを切ったが、長坂はなお降下を止めない。海面が急速に近づき、波のうねりや風に砕かれる波頭《なみがしら》までがはっきりと見える。

　高度四〇〇メートルで、長坂は操縦桿を目一杯手前に引いた。

　炎風が機首を引き起こし、下向きの遠心力が全身を締め上げた。

　一時的に、体重が何倍にもなったかのようだ。身体は座席に押しつけられ、しばし目の前が暗くなる。

　数秒を耐えた後、身体が急に軽くなる。

　機体が水平に戻り、下向きの遠心力が消えたのだ。

　長坂機は、海面すれすれの低空まで降下している。

　高速で回転するプロペラが、波頭に接触しそうだ。

　その長坂機の翼端付近に、弾着の飛沫が上がった。

　Ｂｆ１０９二機が、後ろ上方から仕掛けて来たのだ。

　長坂は、エンジン・スロットルをフルに開く。

　波の向こうに見える大地――英本土を目指して、全速力で避退する。

　Ｂｆ１０９二機が、機首に発射炎を閃かせる。

　二〇ミリ弾の太い火箭が、長坂機の翼端や胴体脇をかすめ、海面に線状の飛沫を上げる。

　長坂が右に旋回すれば右に、左に旋回すれば左に、二〇ミリ弾が撃ち込まれる。

「大陸側は我々の領分だ。禁断の地を侵した者に、思い知らせてやる」

　敵の声が、聞こえたような気がした。

　不意に長坂機の頭上を、黒い機影が通過した。後ろ上方で爆発が起こり、敵の銃撃が止んだ。

　長坂は、後ろ上方を振り返った。

　Ｂｆ１０９一機が機体を翻し、遁走《とんそう》しつつある。

もう一機は姿が見えない。

「中隊長、無事ですか⁉」

レシーバーに部下の声が飛び込んだ。三中隊二小隊長の三島隆吉《みしまたかよし》飛行兵曹長の声だ。

「無事だ。平川を墜とされたが」

応答を返しながら、長坂は操縦桿を引き、上昇に転じた。

「Ｊｕ88は、あらかた墜としました。飛行隊長からは、中隊をまとめて帰還せよと命じられています」

「了解した」

長坂は、ごく短く返答した。

今一度、後方を振り返った。

海の向こうに、欧州大陸の影が見えている。

今なお、ドイツの占領下にある大地だ。

(陸だけではない。空も、ドイツの支配下にある)

腹の底で、長坂は呟いた。

自分は平川と共に、禁断の空域に踏み込んだ。結果、部下は戦死し、自分だけが生き延びた。


そのことを、長坂は思い知らされていた。


同じ日の二三時四五分、ドイツ海軍第一〇輸送隊の高速輸送艦一五隻は、テムズ川に進入しようとしていた。

旧フランス海軍の軽巡と駆逐艦を改造した高速輸送艦に、六号戦車ティーガーⅡ、一〇五ミリ軽榴弾砲、八八ミリ対戦車砲といった兵器の他、弾薬、食糧、医薬品、戦車や火砲の修理用部品を積んでいる。

この日の昼間、Ｊｕ88による空輸作戦が失敗に終わったことは、第一〇輸送隊にも知らされている。

空輸作戦に参加したＪｕ88三七機のうち、二〇機が撃墜され、投下された補給物資も、敵機によって落下傘を裂かれたり、地上に降りたところに銃撃を受けたりして、多くが失われたのだ。

それだけに、高速輸送艦による海上輸送は、重要性を増していた。

「ここまで来れば一安心か」

輸送艦「GST6」艦長ローマン・ハウプト中佐は、前方を見て安堵の息をついた。

星空を背に、イギリス本土の稜線《りょうせん》がぼんやりと浮かび上がっている。

輸送隊の前方には、ロンドンに通じるテムズ川の河口が見える。

このあたりは水深が浅く、潜水艦の活動には適さない。事実、過去にテムズ河口付近で潜水艦の雷撃を受けた艦はない。

連合軍が占領地を拡大しているとはいえ、ロンドン以東はなおドイツ軍の支配下にある。テムズ川を遡上《そじょう》すれば、友軍に物資を届けられるはずだ。

「『GST5』より通信。速力五ノットにて進入すると伝えております」

通信長のエルンスト・ハルトナー大尉が、旗艦からの通信を伝えて来た。

「GST5」は、ラ・ガリソニエール級の軽巡洋艦を改装した高速輸送艦だ。「GST6」と同じく、ティーガーⅡ二輛を積んでいる。

「一度に、一個大隊を運べればな」

ハウプトは呟いた。

前回の輸送任務で「GST6」が運んだティーガーⅡは、シェフィールド近郊の戦闘で、ドイツ最強の戦車に相応しい働きぶりを見せた。

一輛だけで、アメリカ製のM4〝シャーマン〟中戦車を装備する日本軍の戦車一個連隊を相手取り、一歩も退かなかったのだ。

最終的には数の力に押し潰《つぶ》されたものの、戦闘不能になるまでに、一五、六輛の敵戦車を破壊したという。

一個大隊のティーガーⅡがあれば、友軍はロンドンを守るだけではなく、イギリス本土西部に打って出て、連合軍をアイリッシュ海に追い落とせる。

だが現状では、軽巡、駆逐艦を改装した高速輸送艦で、細々と輸送する以外にない。

隊列の前方では、「GST5」が直率《じきそつ》するA部隊が、テムズ川に進入を始めている。

ロンドンの市街地からテムズ河口にかけての一帯は厳重な灯火管制下にあるが、各艦は探照灯によって両岸の位置を確認しながら、五ノットの速力で遡上してゆく。

間もなく「GST6」が率いるB部隊にも、順番が回って来る。

そう思い、「照射始め」を命じようとしたとき、

「対空レーダーに反応。敵機です!」

レーダーマンのヨハネス・マンハイム中尉が、緊張した声で報告した。

「B部隊、後進! 川への進入を一時中止する!」

ハウプトは、B部隊全艦に下令した。

「対空戦闘準備!」

(連合軍め!)

腹の底で、ハウプトは敵を罵《ののし》った。

高速輸送艦による物資の到達率は、七〇パーセント以上を記録している。

高速輸送艦は、一度に運べる物資が少ないものの、敵潜水艦に捕捉され難く、雷撃回避の成功率は、輸送船とは比較にならないほど高いのだ。

連合軍は、潜水艦では高速輸送艦を阻止できないと見て、航空攻撃をかけて来たのだろう。

「後進全速!」

「対空戦闘、準備します!」

航海長クラウス・ベルクマン少佐が機関室に指示を送り、砲術長マクシミリアン・シュネーベルク少佐が報告を送って来る。

「GST6」は、後退を開始する。テムズ川の河口が、遠ざかってゆく。

「敵機はすぐに来る。両用砲よりも、機銃主体の戦闘になるはずだ」

ハウプトは、シュネーベルクに指示を送った。

空襲なら、地上に設置されている友軍のレーダー

が捕捉するはずであり、輸送隊にも警報が送られるはずだ。

それがなかったということは、敵機はレーダーにかかり難い低空を飛んで来た可能性が高い。

襲撃機のような低空からの肉薄爆撃をかけて来る、とハウプトは睨《にら》んでいた。

河口から五〇〇メートルほど離れたとき、爆音が聞こえ始めた。

「敵距離二〇〇〇……一五〇〇……一〇〇〇」

マンハイムが報告を送る。数字が小さくなるにつれ、爆音が拡大する。

「敵機、本艦直上！」

マンハイムが叫んだ直後、上空に光源が出現し、おぼろげな光が海面を照らし始めた。

「後部見張りより艦橋。上空に吊光弾《ちょうこうだん》四を確認！」

との報告が上げられる。

闇の中に、B部隊の姿がさらけ出されたのだ。

おぼろげな光の中、爆音が響いている。

敵機が、目標を狙い定めているのだ。

各艦は、まだ沈黙している。

視界の利かない、夜間の戦闘だ。敵機を引きつけてから、撃つつもりであろう。

爆音がやにわに高まった。敵機は、右舷側から接近して来るようだ。

「敵四機、右正横！　射撃開始します！」

シュネーベルクが叫び、右舷側に発射炎が閃いた。

多数の青白い曳痕が闇を裂き、右舷側に飛んだ。

高速輸送艦への改装時に、片舷に二基ずつが装備された二〇ミリ連装機銃が、射撃を開始したのだ。

「GST6」だけではない。駆逐艦を改装した高速輸送艦も、対空射撃に踏み切っている。

闇の向こうに火焔が躍り、「一機撃墜！」の報告が上がる。

期《き》せずして、艦上に歓声が上がるが、墜としたのは一機だけだ。他の三機は、対空砲火を衝いて突進して来る。

爆音が「GST6」の頭上を通過した。

被弾の衝撃を覚悟したが、何も起こらなかった。

爆音は、左舷側へと遠ざかってゆく。

「何のつもりだ、奴らは？」

ハウプトの呟きに、

「右舷雷跡！」

悲鳴じみた叫びが重なった。

ハウプトが両目を大きく見開いたとき、艦の後方から強烈な衝撃が続けざまに伝わった。

五八八六トンの基準排水量を持つ「GST6」の艦体が、一瞬撥ね上げられたように感じられた。

直後、艦橋が後方に傾斜したように感じられた。

被雷箇所付近から海水が奔入し、艦の後部が沈み込んだのだ。

「機関停止！」

「右舷後部に被雷。消火、防水急げ！」

ハウプトは、機関長ヴィルヘルム・フーバー少佐と内務長フリッツ・ワーグナー少佐に命じた。

「ティーガーが危険な状態です！」

甲板士官のハンス・モレル中尉が報告する。

輸送用甲板に改装された後甲板で、ワイヤーによって固縛《こばく》されていたティーガーⅡが、艦の傾斜に伴ってずり落ちそうになっているのだ。

ティーガーⅡは全備重量六九・八トン。ティーガーⅠより一〇トン以上重い。

そのティーガーⅡの重量を、ワイヤーが支え切れなくなっているのだ。

だがハウプトは、積み荷どころではない。被害状況の把握と対処指示だけで精一杯だ。

「『ST40』被雷！」

と、また新たな悲報が届く。

「なんたることだ……！」

ハウプトは、音を立てて歯ぎしりした。

敵は、予想外の戦術で攻撃して来た。

第一〇輸送隊は、夜間の航空雷撃により、二隻の高速輸送艦に被害を受けたのだ。

ドイツ陸軍 六号重戦車「ティーガーII」

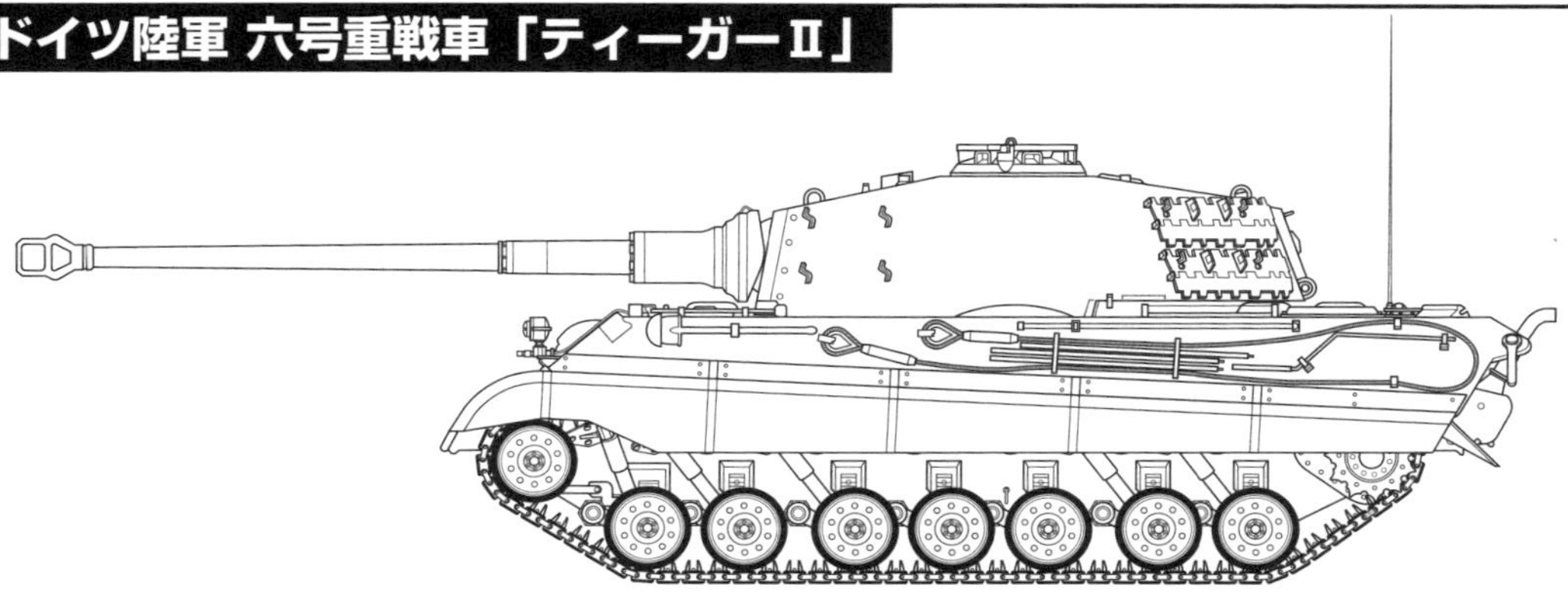

全長	10.3m
車体長	7.4m
最大幅	3.1m
戦闘重量	69.8トン
発動機	マイバッハHL230P30 700馬力
最大速度	38km/時(整地)/20km/時(不整地)
兵装	88mm 71口径 戦車砲×1門
	7.92mm 機銃×3丁
乗員数	5名

日英両軍ならびにソ連軍と二正面で戦うドイツ陸軍が、満を持して送り出した新型重戦車。ティーガーI、パンターの運用で得られた戦訓をもとに、より重装甲、重武装の戦車となっている。前面装甲厚は実に180ミリ、傾斜装甲の効果も加わり日英ソの運用する戦車の主砲では撃ち抜けないと言われている。また主砲の88ミリ砲は有効射程4,000メートルを誇り、相手戦車の射程外から有効弾を与えることが出来た。一方、その大重量が災いし機動性は乏しく、攻勢よりも守勢で威力を発揮する戦車と言える。

イタリアのタラントで、三隻の戦艦が夜間の航空雷撃を受け、大破着底した事件は有名だが、同じ手が高速輸送艦に用いられるとは思っていなかった。

「B部隊全艦に通信。健在な艦は、損傷艦を省みずロンドンに向かえ」

ハウプトは、ハルトナーに命じた。

健在な各艦が発光信号により、「無事ヲ祈ル」と伝えながら、「GST6」を追い抜いてゆく。

「こちらはこちらで何とかする。貴様たちは、無事にロンドンに着いてくれ」

避退してゆく各艦にその言葉を投げかけたとき、艦の後方から鋭い音が届いた。

「GST6」が大きく揺れ、艦が右舷前方にのめる中、盛大な水音が聞こえた。

車体を支えていたワイヤーが切断され、ティーガーⅡの巨大な車体が、海面に落下した瞬間だった。

6

「ニューポート・ニューズでドック入りしているときに見せていただきましたが、よい艦《グッド・シップ》ですな。兵装だけではなく、居住性も良好なようだ。乗員のコンディションを最良に保てるよう、気配《きくば》りが行き届いています。軍艦としてだけではなく、外国の元首を迎えるのに相応しい艦です」

米大西洋艦隊司令長官チェスター・ニミッツ大将は、遣欧艦隊旗艦「武蔵《むさし》」の長官公室に入室するなり、小林宗之助遣欧艦隊司令長官に言った。

世辞《せじ》ではなく、本心から大和《やまと》型戦艦に感銘《かんめい》を受けたように感じられた。

「デューイ大統領閣下は、本艦を御覧になったのですか？」

小林の問いに、ニミッツはかぶりを振った。

「スケジュールが合わず、見送りになりました。『ヤマト』『ムサシ』をつぶさに見る機会を逃したことを、残念がっていました」

「貴国の大統領閣下は、いずれ機会を見て本艦に御招待申し上げ、ゆっくり御見学いただきたいと考えております。――無論、この戦争が終わってからですが」

戦艦「武蔵」「大和」が修理を完了し、前線基地に戻って来たのは八月二〇日だ。

日本本土まで回航すれば、往復するだけで一ヶ月半はかかるが、米国の対独参戦が状況を変えた。

米国政府より日英両国政府に対し、

「連合国の損傷艦は、合衆国の大西洋岸にある海軍工廠で修理を引き受ける」

との申し出があったため、両艦はニューポート・ニューズで修理が行われたのだ。

「『武蔵』『大和』は帝国海軍の切り札《きりふだ》であり、最重要の軍事機密だ。両艦の修理を米国で実施すれば、大和型戦艦の秘密が、全て米国海軍に知られることになる」

海軍省や軍令部《ぐんれいぶ》では、このような声も上がったが、連合艦隊司令長官山本五十六《やまもといそろく》大将、航空本部長井上成美《いのうえしげよし》中将といった海軍内部の知米派が、

「米国が仮想敵だったのは過去の話であり、今は共にナチス・ドイツと戦う盟邦だ。盟邦の好意は、素直《すなお》に受けるべきだ。また、海軍の主力が空母と航空機に移りつつある現在、大和型戦艦の情報は、最重要の軍事機密とは言えない。米国に知られたところで、さしたる問題はない」

と言って、反対派を説得した。

このため「武蔵」「大和」は、日本本土に回航するより遥かに短時間で修理を完了し、遣欧艦隊本隊に復帰したのだった。

この時期、遣欧艦隊は英本国艦隊と共に、マン島からリヴァプールに移動している。

大戦前、日本海軍の艦艇が入港したことはあるが、大和型戦艦の入港はこの日が最初になる。

初めて目《ま》の当《あ》たりにする大和型戦艦の勇姿に驚くリヴァプール市民の顔が想像された。

「本題に入らせていただきたい」

ジェームズ・ソマーヴィル英本国艦隊司令長官が、ニミッツと小林の間に割り込むような形で言った。

ニミッツ提督も社交辞令を言うためにリヴァプールを訪れたのではないはずだ、と言いたげだった。

「まず、イギリス本土奪回作戦の現状について、確認しておきたいと考えます」

小林が頷き、芦田優作戦参謀に発言を促した。

芦田は起立し、机上に広げられている英本土の地図に指示棒を伸ばした。

八月二〇日時点における連合軍の占領地域が色分けされ、各部隊の現在位置を示す駒《こま》が置かれている。

「イギリス第三軍は七月二四日にバーミンガムを解放し、現在はロンドンに迫っております。我が日本陸軍の第一八軍は、第三軍の側面援護の役割を担《にな》っており、リヴァプールからマンチェスター、シェフィールドを経て、ウォッシュ湾に至る線を確保しました。これにより、イギリス第三軍は、スコットランドを占領しているドイツ軍部隊に背後を脅《おびや》かされることなく、ロンドンの奪回に集中できます」

「イギリス本土のドイツ軍は、兵力の過半をロンドンに集中している、との情報が、大西洋艦隊司令部に届いておりますが」

フォレスト・シャーマン米大西洋艦隊作戦参謀の言葉を受け、英本国艦隊の作戦参謀ヘンリー・ハミルトン中佐が芦田に代わった。

「『我はテムズより退《しりぞ》かぬ！』というのが、イギリス軍管区司令官のエヴァルト・フォン・クライスト上級大将にヒトラーが伝えた言葉です。ドイツ軍はその言葉に従い、ロンドンの周囲に防御陣地を築くと共に、装甲部隊を同地に集中しており、ロンドン死守の構えを取っています。イギリスのドイツ軍部隊に対する増援と補給は、ロンドンに集中して送られている、とのことです」

「『我はテムズより退かぬ』ですか。いささか偏執《へんしゅう》的ですな」

ニミッツがかぶりを振り、シャーマンが疑問を提起した。

「ロンドン以外のドイツ軍部隊は、見捨てられたということですか？」

「そのように考えて差し支えないでしょう。クライストは、イギリス各地のドイツ軍部隊に、『現地の死守』を命じたそうですが」

「ロンドン以外は捨て駒ですか」

ニミッツがかぶりを振った。祖国に裏切られたドイツ軍の将兵に、同情している様子だった。

「第三軍も、日本第一八軍も、イギリス各地のドイツ軍部隊に、彼らが本国から見捨てられたことを告げ、投降《とうこう》を呼びかけております。投降する部隊は、全体の二〇パーセント程度だそうですが」

英本国艦隊参謀長のフレデリック・サリンジャー少将が言った。

「見殺しにされたと分かって、なおドイツに――というより、ヒトラーに忠節《ちゅうせつ》を尽くすつもりですか」

ニミッツの言葉に対し、芦田が言った。

「イギリス軍管区司令部から、『必ず救援に行く』と伝えられているのかもしれません。あるいは、連合軍の謀略を疑っている可能性も考えられます。彼らにしてみれば、連合軍よりも自分たちの指揮官を信じるでしょう」

（我が帝国陸海軍も、同じ状況に置かれたら、ドイツ軍と同じように振る舞うかもしれぬ）

そのようなことを、芦田は想像している。

敵よりも味方を信じたいのは、心情として理解できる。補給が一切《いっさい》届かず、じり貧《ひん》の状態に置かれたとしても、最後まで投降を選ばず、総員戦死の運命を選ぶのではないか。

「連合軍総司令部では、ロンドンを陥落させれば、イギリスにおけるドイツ軍の抗戦は終了するとの見通しを立てています」

ソマーヴィルの言葉に、ニミッツは頷いた。

「その点につきましては同感ですが、貴国の政府と王室は、ロンドンを無傷で取り戻して欲しいと要望しておられる。そのためには、我が方の選択肢は兵糧攻《ひょうろうぜ》めに限定されます」

サリンジャーがニミッツの言葉に応えた。

「兵糧攻めは、既に実行しております。我が軍は、敵の輸送艦の撃沈、及び物資輸送に当たる爆撃機の撃墜により、ドイツ軍に対する補給線の切断に努めています。ただ、イギリス本土の東部からドーバー海峡にかけての制空権は、依然ドイツ軍が握っており、補給を完全に断《た》つところまでは行きません。細々とではあっても、補給が続いていることが、ロンドンにこもるドイツ軍の士気《しき》を保っています」

「空輸の完全阻止は困難ですが、海上輸送路の切断は可能と考えます」

シャーマンが発言し、机上に新しい地図を広げた。英本土と北海、欧州の沿岸部を網羅《もうら》しており、フランス、ベルギー、オランダの主要港に印が付けられている。

「航空攻撃によって、在泊艦船、特に輸送艦を一掃します。海上輸送力を失えば、艦船によるイギリスへの物資輸送は不可能になります」

「ドイツ軍は、新型のジェット戦闘機を多数、戦線に投入しています。レシプロ戦闘機では、対抗は困難と考えますが」

芦田の問題提起に、シャーマンは応えた。

「戦いは数です、ミスター・アシダ。連合軍、特に海軍の力をドイツに思い知らせるには、いい機会でしょう」

第三章　猟犬還らず

1

「指揮所より全機へ。対空用電探、感三。方位七五度、高度六〇《ロクマル》（六〇〇〇メートル）」

「熊野《ゆうの》一番より全機へ。各隊、空戦に備えよ。六航戦は低空にて待機」

第一次攻撃隊の指揮官を務める熊野澄夫《すみお》少佐の声が、無線電話機のレシーバーに届いた。

「桑原《くわばら》一番より六航戦全機へ。続け！」

第六航空戦隊の艦戦隊三六機を束《たば》ねる「海鳳《かいほう》」戦闘機隊隊長桑原寿《ひさし》大尉は、麾下の三五機に命じた。

英本土奪回作戦が始まるまでは、正規空母「大《だい》龍《りゅう》」の艦戦隊で第二中隊長を務めていたが、この二ケ月前、小型空母「海鳳」の飛行隊長兼艦戦隊隊長に異動している。

正規空母に比べれば小所帯《じょたい》だが、空母一隻の艦上機全機に責任を負う立場となったのだ。

桑原は操縦桿を前方に押し込み、降下に移った。

ちらと後方を振り返ると、桑原が直率する「海鳳」の艦戦隊一七機、茂庭浩介《もにわこうすけ》大尉が率いる「神鳳《しんほう》」の艦戦隊一八機が、桑原の誘導に従い、降下して来る様子が見える。

高度計の針が四〇〇〇メートルを指したところで機首を引き起こし、水平飛行に移る。

高度は一〇〇メートル丁度《ちょうど》。

航空機にとっては、海面を這《は》うような低高度だ。

僅かな操縦のミスが、死に直結する。

旋回待機しつつ、桑原は上空を見上げた。

「始まった！」

との叫びが、口から漏れた。

第四航空戦隊の正規空母「大龍」「神龍《じんりゅう》」から出撃した三式艦上戦闘機「炎風」七二機が大きく散開し、空中戦に入っている。

敵はメッサーシュミットＭｅ２６２。

六月二六日、ベドフォード近郊の戦闘で初見参して以来、連合軍の戦闘機隊を苦しめている機体だ。

炎風より優速の熊鷹――陸軍の三式戦闘機も歯が立たず、戦闘は一方的なものとなることが多い。

低空に誘い込んで地上に突っ込ませる、あるいは自機を追い抜いた機体に後ろから射弾を浴びせるといった戦法はあるものの、成功例は少ない。

ジェット戦闘機の圧倒的な速度性能に翻弄され、一方的に叩きのめされる戦例が大半だ。

ジブチ攻撃を皮切りに、エジプト、リビア、シチリア島、英本土と転戦して来た母艦戦闘機隊も分《ぶ》が悪い。

上空では、彼我《ひが》の飛行機雲が絡み合っている。

炎風が引きずる曲線状の飛行機雲を、Ｍｅ２６２が猛速でかき乱し、散り散りに吹き飛ばす。

その後には、ジェット戦闘機の飛行機雲が、大空を真一文字に切り裂くように伸びる。

時折、空中で爆発が起こり、海面に向かって黒煙が伸びる。


その多くは、「大龍」「神龍」の炎風だ。

情報によれば、Ｍｅ２６２の兵装は三〇ミリ機銃四丁。初陣《ういじん》以来、搭乗員を守ってきた炎風の分厚い外鈑《がいはん》も、容易く貫通する威力を持つ。

桑原は、唇《くちびる》を噛《か》み締めながら上空の空中戦を見上げた。

「大龍」艦戦隊には、桑原の戦友が多い。

乗艦だった「赤城《あかぎ》」が、セイロン島の沖でＵボートに撃沈され、「大龍」艦戦隊に配属されて以来、訓練も、戦いも、共にして来た仲間だ。

その彼らが、ドイツ軍のジェット戦闘機に翻弄され、一機また一機と撃墜されている。

できることなら高空の戦場に飛び込みたいが、六航戦の艦戦隊には重要な任務がある。

感情にまかせての行動は許されない。

（ビスケー湾の奥やドーバー海峡の北でも、同じような戦闘が展開されているのか）

そんな思いが、桑原の脳裏《のうり》をかすめた。

今回の作戦は、ロンドン解放の一環だ。

目的は、英本土のドイツ軍に対する補給線を切断するため、補給物資の積み出し港を攻撃し、高速輸送艦を全て撃沈すると共に、港湾施設を破壊することだ。

その手段として、連合軍総司令部は、空母機動部隊による航空攻撃を選択した。

日本帝国海軍の第三艦隊は、正規空母七隻、小型空母八隻。英本国艦隊は、正規空母五隻、小型空母四隻。そして米大西洋艦隊は正規空母八隻。

艦上機の総数は一九〇〇機に達する。

これだけの艦上機で、大陸欧州の主要港を叩けば、ドイツ軍の海上補給線は断たれるはずだ。

ただし大陸欧州の大西洋岸は、ドイツ空軍の戦闘機隊が守りを固めている。

特に、Ｍｅ２６２の存在は大きな脅威《きょうい》だ。

そこで連合軍は、陽動《ようどう》作戦を採った。

ドーバー海峡以北の港と並行して、フランスのビスケー湾を攻撃するのだ。

ビスケー湾にはＵボートの基地が集中しており、ドイツ海軍の潜水艦作戦の中心となっている。

両者を同時に攻撃されれば、ドイツ空軍も戦力の分散を余儀《よぎ》なくされる。

ビスケー湾を攻撃することで、連合軍を悩ませ続けたドイツ海軍の潜水艦部隊に大きな打撃を与える効果も期待できる。

ドーバー海峡以北の港湾に対する攻撃は英本国艦隊と米大西洋艦隊が、ビスケー湾攻撃は日本海軍第三艦隊が、それぞれ担当する。

第三艦隊は、麾下の正規空母七隻、小型空母八隻を第一、第二、第三の三部隊に分け、ブレスト、ロリアン、サン・ナゼールの三基地を叩くと決めた。

桑原が所属する第三部隊——第四航空戦隊の「大龍」「神龍」、第六航空戦隊の「神鳳」「海鳳」は、ブレストの担当だ。

第一次攻撃隊は、過去の作戦を踏襲《とうしゅう》し、戦闘機のみで編成されている。

敵戦闘機を掃討した上で、艦上爆撃機、艦上攻撃機主体の部隊を送り込むのだ。

相手がMe262である以上、掃討されるのは、こちらかもしれない。

だが、第三艦隊には秘策があった。

「熊野一番より桑原一番。出番だ！」

戦闘開始後、一〇分余りが経過したところで、熊野少佐の声がレシーバーに飛び込んだ。

電波に乗って、喘《あえ》ぐ声が伝わって来る。Me262との戦闘は、ベテランの艦戦隊指揮官にとっても、凄まじい緊張と消耗を強いられたのだ。

「桑原一番、了解！」

「桑原一番より六航戦全機へ。追跡開始！」

桑原は熊野に応答を返し、次いで麾下の三五機に命じた。

上空には、幾筋《いくすじ》もの飛行機雲が見える。

方位は九〇度。真東だ。

桑原は、エンジン・スロットルをフルに開いた。

米国製の二〇〇〇馬力エンジンが猛々《たけだけ》しい咆哮を上げ、機体が加速された。

六航戦の装備機は炎風二一型。米国ではF6F‐5と呼ばれる機体だ。

F6Fの機体を改修し、空気抵抗の低減による速度性能の強化を図った機体で、最大時速は六一二キロに達する。

これでもMe262にはかなわないが、炎風一一型――米国名称F6F‐3よりは幾らかましだ。

「全機、高度を上げるな。敵に発見されるな」

機体を加速しつつ、桑原は部下に注意を与えた。

Me262は残燃料、残弾共に乏しい可能性が高い。六航戦の炎風を発見しても仕掛けて来る余裕はないはずだが、ブレスト周辺にいる敵戦闘機がMe262だけとは限らない。

応援を呼ばれては、作戦は失敗する。

「桑原三番より一番、引き離されます！」

桑原が直率する第一小隊の三番機に搭乗する池田《いけだ》康平《こうへい》一等飛行兵曹が叫んだ。

飛行機雲の先頭――Ｍｅ２６２と六航戦艦戦隊の距離は、どんどん開いている。

今にも、敵機を見失いそうだ。

「黙ってついて来い！」

とのみ、桑原は返答した。

こうなるであろうことは、最初から予想がついている。

情報によれば、Ｍｅ２６２の巡航速度は時速七五〇キロ。炎風二一型が最大時速を出しても、一〇〇キロ以上の速力差がある。

しかも六航戦は、高度一〇〇〇メートル前後の低空を飛んでいるため、最大時速も五〇〇キロ台に落ちている。

そのことを承知の上で、桑原は麾下の炎風を誘導しつつ、Ｍｅ２６２を追った。

海上から、陸地の上空に進入する。

ブレストがあるブルターニュ半島だ。

桑原機を含め、三六機の炎風は、海岸線に沿う形で東進する。

Ｍｅ２６２の機影は既に見えなくなっているが、まっすぐ東に飛べば目的地に到達できるはずだ。

やがて――。

「桑原二番より一番。右前方、敵機。降下しています！」

桑原の二番機を務める香月明雄《こうつきあきお》上等飛行兵曹の声が、レシーバーに響いた。

桑原は、右前方を見た。

ごま粒のように小さな影が、空から地上へと向かっている。

速度は、それほど大きくない。

着陸態勢に入っていると思われた。

「桑原一番より六航戦全機へ。突撃せよ！」

桑原は、叩き付けるように下令した。

エンジン・スロットルは、追跡を開始したときからフルのままだ。僚機と先を争うようにして、着陸中の敵機に突進する。

敵機の向こうには、滑走路が見えている。

既に着陸済みの機体もあるようだ。

「ジェット戦闘機といえども、着陸態勢に入ったときには、速力が大幅に低下する。そこを狙えば、撃墜できる」

出撃前、桑原ら六航戦の艦戦隊は、司令官大林《おおばやし》末雄《すえお》少将からそのような作戦案を説明され、Ｍｅ２６２の尾行と、着陸に入ったところでの攻撃を命じられた。

このため、「大龍」「神龍」の艦戦隊がＭｅ２６２と戦っている間、低空で待機したのだ。

桑原は降下中のＭｅ２６２に追いすがり、発射ボタンを押した。

両翼の一二・七ミリ機銃六丁からほとばしった青白い火箭が、Ｍｅ２６２を押し包んだ。

直後、Ｍｅ２６２は左右両方のエンジンから煙を噴き出し、破片を撒き散らしながら墜落した。

連合軍の戦闘機隊を悪戦苦闘《あくせんくとう》させていることが信じられないほどの、あっけない最期《さいご》だ。速度性能は恐ろしく高いが、防御力は乏しいのかもしれない。

炎風隊は、なおも降下中のＭｅ２６２に追いすがり、射弾を浴びせる。

先の空中戦では、「大龍」「神龍」の艦戦隊を苦戦させた戦闘機が、標的よりも容易く一二・七ミリ弾に射貫《いぬ》かれ、地上に叩き付けられてゆく。

後ろに付いた炎風が銃撃を浴びせるまでもなく、滑走路に落下し、砕け散るＭｅ２６２もある。

ここに来て燃料が切れたか、あるいはエンジンの故障か。日本側から見れば、自滅に近い。

既に着陸したＭｅ２６２には、地上すれすれの高度に舞い降りた「神鳳」隊が銃撃を浴びせている。

空に上がれば無敵の機体も、地上ではただの的《まと》に過ぎない。

滑走路上と駐機場を問わず、Ｍｅ２６２が片っ端《かたっぱし》から火を噴き、残骸と化してゆく。

地上の対空砲陣地に発射炎が閃き、複数の火箭が翔《かけ》上《あ》がって来るが、捉えられる炎風はない。

Ｍｅ２６２を破壊した機体は、すぐに上昇へと転じ、対空砲の射程外へと逃れてゆく。

ブレスト近郊の敵飛行場からＭｅ２６２が姿を消すまで、一〇分とかからなかった。

連合軍戦闘機隊の「天敵」とも呼ぶべきジェット戦闘機は、全て地上に叩き付けられるか、地上で射弾を浴びて炎上しており、健在な機体は一機も残っていない。

連合軍の戦闘機が、Ｍｅ２６２に対して、これほど一方的な勝利を収めたのは初めてだった。

「桑原一番より六航戦全機へ。引き上げるぞ！」

桑原は全機に下令し、機体を反転させた。

愚図《ぐず》愚図《ぐず》してはいられない。

今頃は、地上の通信室から他の敵飛行場に緊急信が飛んでおり、敵の戦闘機隊が応援に駆けつけようとしている頃合《ころあ》いだ。

新たなＭｅ２６２が出現すれば、今度はこちらが蹴《け》散《ち》らされる。

母艦に足を降ろすまでは、安心できなかった。

2

「右一五度、ブルターニュ半島」

第三艦隊第三部隊の第二次攻撃隊総指揮官を務める岩崎《いわさき》五郎《ごろう》少佐は、指揮官機の操縦員を務める藤本《ふじもと》諭《さとし》飛行兵曹長に告げた。

時刻はグリニッジ標準時の八時四五分。

攻撃隊が発進してから一時間半が経過している。

攻撃目標のブレスト――ドイツ軍のＵボート基地は、半島の先端付近に位置している。

ブレストだけではない。

半島の南岸からビスケー湾の奥にかけては、ロリアン、サン・ナゼールなど、複数のＵボート基地が置かれている。

全てを潰すには攻撃を繰り返す必要があるが、今日のところはブレスト、ロリアン、サン・ナゼールが目標だ。

「目標発見。突撃隊形作れ」

岩崎は、麾下全機に下令した。

第二次攻撃隊の編成は、炎風が四〇機、三式艦上爆撃機が一八機、三式艦上攻撃機が三六機だ。

三式艦攻は、炎風や三式艦爆同様、米国から導入された機体で、米国ではグラマンＴＢＦ〝アベンジャー〟と呼称される。

三式艦攻の制式採用により、帝国海軍の空母艦上機は、ほとんどが米国製の機体で固められることになったのだ。

艦戦、艦爆に続いて、艦攻にも米国製の機体を採用したことについては、海軍中央でも批判が多かったと聞く。

「米国製の機体ばかりを採用したのでは、国内の技術が育たない」

「海軍航空は将来、米国に牛耳《ぎゅうじ》られてしまう」

といった声だ。

だが、米国製の機体採用を推進した山本五十六連合艦隊司令長官、井上成美航空本部長といった人々は、

「米国製の機体は防弾装備がしっかりしており、搭乗員の生還率が高い。『敵弾は必ず命中する』という前提に立ち、命中した場合の被害を最小限に食い止められる作りになっている。対独戦争を完遂《かんすい》するには、米国製の機体が必要だ」

「国内の技術云々《うんぬん》というが、米国製の機体から実地《じっち》に学べることは、国内の技術者にとっても、いい機会になるはずだ」

などと主張し、反対派を説得した。

現場で身体を張る身としては、機体の製造元などは些末《さまつ》な問題だ。

ただ、「海軍航空の父」と言われた山本長官や、

航空行政のトップである井上本部長が搭乗員のことを気にかけてくれたのは有り難かった。

三式艦攻は各中隊毎に分かれて傘型《かさがた》の陣形《じんけい》を作り、三式艦爆は斜《なな》め単横陣《たんおうじん》を形成する。

炎風のうち、半数は艦爆、艦攻の前方に展開し、残る半数は艦爆、艦攻の近くに布陣《ふじん》する。

艦攻隊の目標はブレストの港湾施設、艦爆隊の目標は在泊艦船だ。

フランス国内の抵抗組織が送って来た情報によれば、ブレスト、ロリアン等には、コンクリート製の頑丈なブンカー――艦船用の巨大な掩体壕《えんたいごう》が建設中だという。

完成すれば、Uボートはブンカーによって守られ、航空攻撃での撃破が困難になる。

このブンカーを、完成前に潰すのだ。

「第三艦隊の任務は陽動だが、遠慮は要らない。この機会にUボートの基地を一箇所でも二箇所でも潰しておけば、我が軍の補給線が安全になる」

出撃前、四航戦の司令官角田覚治《かくたかくじ》中将は、そう言って搭乗員たちを送り出していた。

「嚮導機《きょうどう》、前に出ます」

後席に座る電信員の渡辺繁治《わたなべしげはる》上等飛行兵曹が報告した。

「大龍」隊の二番機を務める向畑寿一《むこはたとしかず》飛行兵曹長の機体が、岩崎機を追い抜き、先頭に立った。

四航戦の艦攻隊は、向畑機の誘導に従って投弾することになる。

「萩《はぎ》一番より全機へ。左上方、敵機！」

無線電話機のレシーバーに、艦戦隊の指揮官を務める萩誠一郎《せいいちろう》大尉の声が響いた。

「敵機はシュワ公か？」

岩崎は、身体をこわばらせた。

第二次攻撃隊は、進撃中に第一次攻撃隊の報告を受信している。

六航戦の炎風隊が、敵の飛行場を急襲し、多数のMe262を撃破したのだ。

だが、六航戦がブレスト近郊に配置されているMe262を一掃したとの保証はない。第一次攻撃で潰せなかったMe262が、ブレストを死守すべく、出撃して来たのではないか。

「敵機はレシプロ機。フォッケウルフです！」

前席の藤本が、敵の機種を見抜いて叫んだ。

岩崎は、安堵の息を漏らした。

「シュワ公よりはましか」

ドイツ軍も、戦闘機隊の全てをMe262で固める余裕はないようだ。

第一次攻撃で、Me262が大きな被害を受けたため、レシプロ戦闘機のフォッケウルフFw190Aを繰り出して来たのだろう。

とはいえ、Fw190Aも侮れる相手ではない。速度性能は高く、炎風と互角に渡り合える機体だ。

無傷で突破できるとは思えなかった。

前方に展開する炎風二〇機――制空隊が、速力を上げ、左前上方から斬込《きりこ》んでくるFw190Aに向かってゆく。

炎風の両翼とFw190Aの機首に発射炎が閃き、多数の曳痕が各々の目標に向けて殺到する。

炎風の射弾は数が多く、投網《とあみ》を思わせるが、Fw190Aの射弾は、二本の太い槍《やり》さながらだ。

炎風の「炎の投網」に搦め捕られたFw190Aが、エンジンから火を噴いて高度を落とし、Fw190Aの「二本の槍」で突かれた炎風がよろめく。

炎風も、Fw190Aも、特定の相手に拘泥《こうでい》しない。正面から一連射を浴びせた後は、新たな目標へと向かう。

長柄《ながえ》の槍を構えた騎馬武者《きばむしゃ》同士の戦いを、数十箇所で同時に繰り広げているようだ。

制空隊がFw190Aを食い止めている間に、艦爆隊、艦攻隊は、ブレストの上空に接近する。

四航戦の艦爆隊を率いる小川正一《おがわしょういち》少佐が突撃命令を出したのだろう、三式艦爆が次々に機体を翻し、艦攻隊の目の前から姿を消す。

四航戦の初陣となったジブチ攻撃以来、敵飛行場への攻撃を担当することが多い艦爆隊だが、本来の目標である敵艦を叩けるとあって、大いに張り切っている様子だった。

「敵機、向かって来る!」

藤本が叫んだ。

岩崎は顔を上げ、前方を見据えた。

制空隊を突破したのだろう、Ｆｗ１９０Ａが猛速で突進して来る。

直衛隊の炎風が正面から立ち向かい、一二・七ミリ弾を浴びせるが、投網のような射弾は空振《からぶ》りに終わる。

「各機、個別に応戦せよ!」

岩崎は、全機に下令した。

戦闘機に対しては機体同士の間隔を詰め、弾幕を張るのが迎撃の常道《じょうどう》だが、艦攻隊は既にブレスト爆撃のため、隊形を整えている。

各機毎に応戦し、敵機を追い払う以外にない。

敵一機が先頭の嚮導機を目指し、右前方から突っ込む。

岩崎機の機首上面に発射炎が閃き、二条の火箭が噴き延びる。

藤本が嚮導機を援護すべく、射弾を放ったのだ。

九七艦攻は自衛用の火器として、電信員席に七・七ミリ旋回機銃一丁を装備するだけだったが、三式艦攻は機首に一二・七ミリ固定機銃二丁、電信員席に一二・七ミリ旋回機銃一丁、後ろ下方に七・七ミリ旋回機銃一丁を装備している。火器の装備数も、火力も、九七艦攻とは比較にならない重武装機だ。

藤本の射弾に発砲の時機を狂わされたのか、敵機の射弾が嚮導機から逸れる。敵機は機体を横転させ、垂直降下によって離脱する。

続けて、二機のＦｗ１９０Ａが襲って来る。今度も、嚮導機を狙っているようだ。

藤本が、再び機首の固定機銃を発射した。一二・七ミリ弾を、Ｆｗ１９０Ａの機首からコクピットにかけて撃ち込んだ。

　Ｆｗ１９０Ａの一番機が、機体を大きく傾ける。黒煙を引きずりながら、視界の外に消える。

　二番機までは、阻止し切れなかった。

　機首から噴き延びた太い火箭が、嚮導機の胴体に突き刺さり、三式艦攻の太い機体が震えたように見えた。

　嚮導機を襲ったＦｗ１９０Ａの後方から、炎風一機が食らいつく。

　二〇・七ミリ弾を撃ち込まれた機体が、ジュラルミンの破片を撒き散らしながら墜落してゆく。

「岩崎一番より二番、無事か⁉」

「大丈夫です。このまま行きます」

　岩崎の問いに、向畑が気丈《きじょう》な声で返答した。負傷はしていないようだ。

「頑丈だな、この機体は」

　岩崎は、感嘆《かんたん》の声を漏らした。

　米国製の太い胴体は、二〇ミリ弾の直撃から、三名の搭乗員や機体の心臓部であるエンジンをしっかりと守ったのだ。

　これが九七艦攻であれば、ひとたまりもなく撃墜されていたところだ。

　敵戦闘機の銃火にさらされ、対空砲火の直中に突っ込んで行かねばならない艦爆、艦攻には、これぐらいの防御力が必要という気がする。

　艦攻の理想像を見たような気がした。

　前方に、次々と爆煙が湧き出す。

　地上の対空砲陣地が砲撃を始めたのだ。

　向畑の嚮導機は、恐れる様子もなく、爆煙を切り裂きながら直進する。

　岩崎機以下の各機も続く。

　一度ならず至近距離で敵弾が炸裂し、破片が命中する音が響くが、三式艦攻に異常はない。

「嚮導機より全機へ。投弾用意」

　向畑の声がレシーバーに響いた。

　嚮導機の機体下面で、爆弾槽の扉が開かれる様子が見えた。

「爆弾槽開く」

藤本に告げ、岩崎も爆弾槽の扉を開いた。

空気抵抗が増大したためだろう、速力が僅かに低下した。

「用意、てっ！」

向畑の叫び声と同時に、嚮導機の爆弾槽から、黒い塊が離れた。

岩崎も投下レバーを引いた。足下で動作音が響き、機体が重量物を切り離した反動で上昇した。

長門《ながと》型戦艦の主砲弾を改造した、八〇番徹甲《てっこう》爆弾だ。相手が条約型の戦艦であれば、上甲板を貫通し、艦底部付近まで貫いて炸裂する。

三式艦攻を米国より導入したとき、投下装置は八〇番を使用できるよう、日本側で改装していた。

「『大龍』隊全機投弾！」

「『神龍』隊全機投弾！」

渡辺が報告し、次いで「神龍」艦攻隊を率いる三《み》上良孝《かみよしたか》大尉が報告した。

岩崎は、照準器を通じて地上の様子を観察した。

港の中に、建設中のブンカーが見える。

全体の半分以上は、鉄骨が剥き出しになっているが、一部は既にコンクリートで覆われている。

その上から、三六機の三式艦攻が投下した八〇番徹甲爆弾が、吸い込まれるように落ちてゆく。

ブンカーの上とその周囲に、続けざまに閃光が走った。

光はすぐに炎に変わり、コンクリート塊や鉄骨とおぼしきものが八方に飛び散った。濛々《もうもう》たる煙がブンカーを覆い、周囲にも流れ始めた。

「よし！」

岩崎は、満足の声を上げた。

ブレストに対する攻撃は成功した。

八〇番三六発のうち、何発がブンカーに命中したのかはさだかではないが、建設中のブンカーに大損害を与えたことは確実だ。

第三部隊の第二次攻撃隊は、陽動だけではなく、フランス沿岸に設けられたUボートの基地に大打撃を与えるという武勲《ぶくん》を立てたのだ。

岩崎は渡辺に命じた。

「旗艦宛打電。『我、〈ブレスト〉ノUボート基地ヲ爆撃ス。命中弾多数ヲ確認ス。○九一一《マルキュウヒトヒト》』」

3

U568の通信アンテナには、ビスケー湾の潜水艦基地や、ベルギー、オランダの港から発せられた緊急信が、次々と入電していた。

「ブレスト空襲さる。敵の爆撃は基地施設に集中。被害甚大《じんだい》」

「ロリアン空襲さる。建設中のブンカーに被害。燃料庫にも直撃弾。火災発生」

「オーステンデ空襲さる。敵の攻撃は在泊艦船に集中。高速輸送艦六隻、大型輸送船七隻沈没」

「ロッテルダム空襲さる。在泊艦船、及び物資の集積所に被害甚大。高速輸送艦四隻沈没、戦車二〇輌以上大破」

電文が入る度、攻撃を受けた港の数が増えてゆく。

艦長オットー・シュトラウスら発令所にいる乗員は、暗澹たる表情で、通信士のペーター・キュンメル一等兵曹が報告電を読む声を聞いている。

「これは、アメリカの報復でしょうか？」

先任将校のルードヴィク・ケラー中尉が、重苦《おもくる》しい沈黙を破った。

七月四日、ドイツ海軍潜水艦隊は五二隻のUボートを投入し、アメリカ合衆国の東海岸沖で、軍艦と商船を問わぬ無差別攻撃を実施した。

五二隻中、一〇隻が未帰還となったが、潜水艦隊司令部は空母三隻、駆逐艦五隻、輸送船三四隻撃沈との戦果判定を下した。

「民間人を犠牲にするのは、私の本意《ほんい》ではないが、アメリカ政府が我がドイツに宣戦を布告した以上、受けて立つ以外にない。アメリカ政府が、これ以上の無益《むえき》な犠牲を避けたいと考えるのであれば、早々にこの戦争から手を引くよう忠告する」

ヒトラー総統は、ラジオでの演説でそのように語ったが、アメリカ合衆国大統領トーマス・E・デューイは、東海岸の沖におけるUボートの攻撃を、「民間人を対象とした卑劣《ひれつ》なる攻撃」と述べて激しく非難し、「合衆国は、栄《は》えある独立記念日を血の惨劇に変えた無法者《むほうもの》を決して許さない」と国民に宣言した。

この日の、大西洋沿岸諸港に対する航空攻撃は、七月四日の攻撃に対する報復ではないか、とケラーは思ったようだ。

「報復ではあるまい。連合軍が、感情を優先させての作戦行動を取るとは考え難い」

シュトラウスはケラーに答えた。

「おそらく、イギリス本土攻略作戦の一環だ。輸送艦を撃沈することで、イギリスにいる友軍への補給を断つと共に、ビスケー湾にあるUボート基地に大打撃を与えて、連合軍の補給線の安全を確保しようという腹だろう」

(アメリカの脅威が顕在化《けんざい》し始めた)

そのことを、シュトラウスは実感し始めている。

アメリカの参戦前、連合軍はヨーロッパ大陸には手を出さなかった。

イタリアを屈服させたときはシチリア島の攻略に留《とど》め、イギリス本土の奪回作戦が始まったときも、戦場はグレート・ブリテン島とその周辺海域に限定されていた。

だが今、連合軍はヨーロッパ大陸の主要港に一斉攻撃をかけて来たのだ。

イギリス軍と日本軍だけでは、このような作戦は実施できない。巨大な物量を誇るアメリカ軍が前線に登場することで、初めて可能となったのだ。

我が祖国は、恐るべき国を敵に回したものだと思わずにはいられなかった。

「潜水艦隊司令部より命令電が届きました」

キュンメルが、緊張した声で報告した。

「読みます。『作戦行動中の各潜水戦隊は、帰還中の敵艦隊を攻撃せよ。優先目標は空母とす。潜水艦隊司令官カール・デーニッツ』」

「帰路《きろ》を狙え、ということだな。ランズエンド岬《みさき》の沖なら、敵が確実に通る航路だ」

シュトラウスは、部下たちに考えを伝えた。

第七九潜水戦隊は、ニューヨーク沖での作戦終了後、ブレストに帰還し、艦の整備と補給を受けた。

所属艦六隻のうち、フリードリヒ・ヴェーラー艦長のU566は損傷が酷《ひど》いため、再出撃は不可と判断されたが、ヴェーラー以下の乗員には新造艦のU778が与えられ、六隻態勢に戻っている。

第七九潜水戦隊は連合軍の補給線を狙うべく、大西洋に出撃したが、新たな目標を発見する前に命令が届いたのだ。

「ランズエンド岬には、対潜艦艇がうじゃうじゃいますぜ」

注意を喚起したヘルムート・マイスナー航海長に、シュトラウスは頷いた。

「分かっているが、敵の捕捉が最優先だ。キュンメルは、戦隊全艦に打電してくれ。『集結地点は、ランズエンド岬よりの方位二七〇度、二〇浬地点とす』と」

4

「右二〇度に艦影。空母二……いや四！」

第五対潜戦隊旗艦「球磨《くま》」の艦橋に、艦橋見張員の報告が上げられた。

「司令官、三艦隊の第三部隊と思われます」

「第三部隊に信号。『我、貴隊ノ護衛ニ就《ツ》ク』」

「球磨」艦長坂崎国雄《さかざきくにお》大佐の言葉を受け、司令官八《やつ》代祐吉《しろすけよし》少将は命じた。

時刻は、グリニッジ標準時の九月五日一二時四二分。

英本土の南西端に位置するランズエンド岬の南方海上だ。

ビスケー湾のUボート基地攻撃を終えた機動部隊が、リヴァプールに帰還しようとしている。

無線封止中であるため、「球磨」から第三部隊旗艦「大龍」に向け、発光信号が送られる。

「大龍」から「謝《シャ》ス」と返信が届く。

「第一警戒航行序列」が下令され、五対潜は第三部隊の前方で、傘型の陣形を取る。

「球磨」の左右に、第一一一駆逐隊の松《まつ》型駆逐艦四隻と、第一一五駆逐隊の桔梗《ききょう》型駆逐艦四隻が、それぞれ展開するのだ。

松型も、桔梗型も、第三部隊の護衛に付いている夕雲《ゆうぐも》型、秋月《あきづき》型といった艦隊型駆逐艦の半分程度の排水量しか持たない小型駆逐艦だ。

一見、頼りないように見えるが、対潜兵装は充実しており、多数のUボートを仕留めた実績を持っていた。

「大龍」より、「部隊針路三四五度」の指示が届く。

ランズエンド岬の西側を回り込む針路だ。

「五対潜、針路三四五度」

「面舵一杯。針路三四五度」

八代の命令を受け、坂崎は航海長渋谷英吉《しぶやえいきち》中佐に命じる。

「面舵一杯。針路三四五度！」

渋谷が操舵室に下令し、「球磨」は艦首を大きく右に振る。

左右に展開する一一一駆、一一五駆の駆逐艦八隻は、「球磨」を中心に変針する。

変針後、五対潜は傘型の陣形を保ったまま、第三部隊の前方に展開している。

変針してから間もなく、頭上に爆音が轟き始めた。

マン島より飛来した、第七〇二航空隊の一式陸攻だ。

機数は二個小隊八機。

各小隊は、電波探信儀《たんしんぎ》と磁気探知機KMXの装備機二機ずつで編成されている。

これらとは別に、五対潜の九隻や第三部隊の巡洋艦、駆逐艦も、対水上電探で周囲を探っている。

Uボートに雷撃を許す状況ではないが――。

(敵の推進機音を探知できぬな)

坂崎には、一抹《いちまつ》の不安がある。

五対潜は第三部隊に合わせ、一八ノットの速力で航進しているが、この速力では各艦が自艦の推進機音に妨《さまた》げられ、敵潜の推進機音を聞き取れない。

潜航中のUボート探知は、陸攻の磁探と各艦の水中探信儀が頼りなのだ。

また、この日の月齢は一七だ。満月にやや欠けるが、海面は比較的明るい。

Uボートにとっては、照準を付け易《やす》い。

不安を抱えながらも、一八ノットでの航行が続く。

五対潜の各艦も、第三部隊の駆逐艦も、上空の陸攻も、Uボートを発見した様子はない。

聞こえるのは陸攻四機の爆音と「球磨」の機関音、波のざわめきだけだ。

静けさは、唐突に破られた。

二三時二九分、

「哨戒機三号より受信。『磁探ニ感有リ。今ヨリ攻撃ス』」

「陸攻一機、爆撃態勢に入ります！」

通信長高田慎吾《たかだしんご》少佐と見張長野辺山三郎《のべやまさぶろう》上等兵曹が報告した。

坂崎は、左舷前方に双眼鏡《そうがんきょう》を向けた。

陸攻が、海面すれすれの低空に舞い降りている。

速力は、最小限に落としているようだ。

対潜爆弾の投下まではっきりと見極められないが、ほどなく水測長新井保典《あらいやすのり》兵曹長が、

「海中で爆発音四回を確認」

と報告する。

「『蘭《らん》』に命令。『敵潜ノ撃沈ヲ確認セヨ』」

八代が命じ、一一五駆の「蘭」に命令が送られる。

桔梗型駆逐艦一隻が隊列から離れ、陸攻の投弾地

点に向かう。

「『大龍』より通信。『無線封止解除。部隊針路一五度』」

「五対潜、針路一五度！」

高田通信長の報告を受け、八代が命じた。

「面舵一杯。針路一五度」

「面舵一杯。針路一五度！」

坂崎の命令を、渋谷航海長が操舵室に伝えた。

五対潜が、再び「球磨」を中心に変針する。

陣形を維持したまま、第三部隊の前衛を務め、四隻の空母を中心とした各艦を、Uボートから守っている。

全艦が変針を終えた直後、二つの報告が前後して上げられた。

「『蘭』より報告。『敵潜ノ撃沈ハ確認デキズ。今ヨリ捜索・攻撃ス』」

「哨戒機七号より受信。『部隊正面ニ敵潜。今ヨリ攻撃ス』」

「球磨」の正面で、陸攻一機が降下している。

胴体下を、波頭に接触させんほどの低空に舞い降りたかと思うと、上昇に転じる。魚を狙う海鳥《うみどり》のような動きだ。

若干の間を置いて、新井水測長が報告した。

「海中で爆発音！」

「球磨」の通信室から命令が飛び、一一五駆の「柚《ゆず》」が向かう。

ほどなく同艦より、「浮遊物多数ヲ確認。敵潜一、撃沈ト認ム」との報告が上げられる。

「よし！」

八代が、満足げな声を上げた。

哨戒機三号は敵潜を仕留められなかったが、哨戒機七号の攻撃は成功だ。

「艦長より通信。三部隊旗艦と哨戒機七号に打電。『敵潜一ノ撃沈ヲ確認ス』」

坂崎は高田に命じた。

「大龍」の第三部隊司令部からは、新たな指示は来ない。

部隊は針路一五度を維持したまま、一八ノットの速力で北上してゆく。

上空では、八機の一式陸攻が爆音を轟かせ、第三部隊の前方と左右に睨みを利かせている。

（Uボートは、他にもいる）

坂崎は、艦の正面を睨み据えた。

Uボートの戦隊は、五隻から八隻の編成だ。

うち一隻は一一五駆の「蘭」が動きを抑え、一隻は哨戒機が撃沈したから、最低でもあと三隻は、この海面に展開している計算になる。

また、現海域にいるUボートが一個戦隊だけとは限らない。

複数の戦隊が展開し、多数のUボートが日本艦隊を待ち伏せている可能性も考えられる。

坂崎は、口中で呟いた。

「長い夜になりそうだ」


「推進機音多数。方位一九五度。距離三〇〇〇」

U568の発令所に、カール・シュプケ水測士の報告が届いた。

「来たか」

オットー・シュトラウス艦長は、先任将校のルードヴィク・ケラー中尉や航海長のヘルムート・マイスナー上級兵曹長らと頷き合った。

U568の現在位置は、ランズエンド岬の西方二〇浬。

深さ八〇メートルで無音潜航中だ。艦首は真西に向けている。

このあたりは、磁気探知機を装備した哨戒機が飛び回っているため、潜航中でも安心はできない。

艦を移動させれば、地磁気の乱れによって位置を特定され、対潜爆弾を投下される。

緊張と不安に苛《さいな》まれながらの待機だったが、幸い対潜爆弾の爆発によって、艦が振り回されるような事態にはならなかった。

「ブレストやロリアンをやってくれたお返しをしなけりゃいけませんからね」

次席将校のクラウス・ペーターゼン少尉が、気負《きお》ったような口調で言った。

当初、U568に届いた情報は、ビスケー湾沿岸のUボート基地が敵艦上機の攻撃を受けたというものだけだったが、第二報、第三報が届くに従い、被害の詳細が判明し始めた。

ブレスト、ロリアンは建設中のブンカーが爆撃を受け、被害甚大。

特にロリアンは、艦船用の燃料庫をも破壊されたため、Uボート基地としての使用は当分不可能。

サン・ナゼールは直撃弾を受けた魚雷庫が大爆発を起こし、壊滅。

以上がこの日の昼間、ビスケー湾のUボート基地が受けた損害だ。

フランス沿岸のUボート基地は、他に二箇所があるが、ビスケー湾が敵の空襲を受けるようになった現在、使えるものではない。

ドイツが、大西洋に直接出撃できる基地として整備を進めて来たビスケー湾の諸港は、事実上使用不能になったのだ。

これだけの被害を受けた以上、報復をしないわけにはいかない。

何が何でも敵の空母を仕留めてやる——と、ペーターゼンは復讐心を燃やしている様子だった。

「怒りに流されるな」

シュトラウスは諌《いさ》める口調で言った。

発射管室を呼び出し、

「ミソサザイ《ツァウンケーニヒ》の装填《そうてん》は完了したか？」

と聞いた。

ツァウンケーニヒは、ドイツが世界に先駆《さきが》けて開発した音響ホーミング魚雷だ。目標の推進機音を捕捉し、燃料が尽きるまで追いかける。

通常の魚雷に比べて高価であるため、全ての魚雷をツァウンケーニヒに替えることはできないが、U568が所属する第七九潜水戦隊の所属艦は、一隻当たり四本ずつのツァウンケーニヒを搭載して、今回の作戦に臨んでいた。

「一番から四番まで装填しています。いつでも行けます」

水雷長のルドルフ・エッガー上級兵曹長が、発射管室から答を返した。

その間にも、敵艦隊は距離を詰めて来る。

「距離二五〇〇……二〇〇〇……」

と、シュプケが報告を送って来る。

距離が二〇〇〇を切った直後、

「探信音検知！」

との報告が上げられた。

「松型《マツ》だな」

シュトラウスは、敵の型を推測した。

日本艦隊は、対潜能力の高いマツ型駆逐艦を艦隊の前衛に配置することが多い。

そのマツ型が探信音を放って、海中に潜むUボートを探っているのだ。

U568の反射波を捉えられたが最後、大量の爆雷が降って来るのは間違いない。

「距離一〇〇〇……五〇〇……」

シュプケが、敵との相対位置を報せる。

「距離〇。敵艦、本艦の真上です」

との報告が届いたときには、シュトラウスは我知らず、身体がこわばるのを感じた。

「海面に着水音」

の報告が届けば、三〇秒と経たぬうちに爆雷の炸裂が始まる。

「敵艦、本艦の真上を通過。その後方から、新たな推進機音接近。距離一五〇〇」

シュプケの報告を受け、シュトラウスは聞いた。

「着水音はないか？」

「ありません」

シュトラウスは安堵の息を漏らした。

U568の艦長に任じられて以来、駆逐艦の真下での無音潜航は何度も経験したが、敵が頭上を通過する瞬間の不安と恐怖に慣れることはない。

艦長が弱みを見せれば部下を動揺させるため、冷静に振る舞っているが、内心では冷や汗ものだ。

「後方から来る敵艦が本隊ですね？」

「間違いない」

ケラーの問いに頷き、シュトラウスは下令した。

「潜望鏡深度まで浮上」

「潜望鏡深度まで浮上します」

マイスナーが復唱し、海水の排出音が響く。

海中で静止し、息を潜めていたU568は、海面に向かって動き出す。

「木の葉を隠すには森の中、だ」

シュトラウスは呟いた。

日本艦隊は一八ノット前後の速力で航進しているため、U568の推進機音や海水の排出音を探知される恐れはない。

海上に多数の艦がいるため、磁探に探知される危険もない。

U568は敵艦を隠れ蓑としているのだ。

艦が浮上する間にも、推進機音が迫る。

潜望鏡深度に到達する直前、敵艦の推進機音、スクリューによる海水の攪拌音が、艦の頭上を通過する。

「潜望鏡上げ！」

深さ一五メートルに達したところで、シュトラウスは命じた。

潜望鏡の限られた視界内で、シュトラウスはごく短い時間内に、月明かりの下に浮かび上がった敵艦隊の陣容とU568の現在位置を把握した。

敵は、空母四隻を中央に配置した輪型陣《りんけいじん》を組んでいる。

U568の位置は、輪型陣の内側だ。空母一隻を、左前方に見る形になっている。

艦は、格好の雷撃位置に付けたのだ。

「雷撃目標、左四五度の敵空母。駛走深度五。発射雷数四。開口角三度。雷速二四・五ノット」

発射管制盤に取り付いているケラーに、シュトラウスは指示を送った。

インド洋で「アカギ」と「カガ」を沈めたときには、特定の一隻に複数の魚雷が命中するよう、開口角を最小限に取った。

だが、今回使用するのは、音響ホーミングのツァウンケーニヒだ。

開口角を広めに取れば、複数の目標を同時に仕留められる。

空母のような大型艦は、魚雷一、二本程度の命中では沈まないが、作戦目的はイギリス本土の死守だ。

そのためには、敵空母一隻を確実に沈めるよりも、複数の空母を長期に亘《わた》って戦列から離脱させる方が有益だ。

「前部発射管室、一番から四番まで発射用意。駛走深度五。開口角三度。雷速二四・五ノット」

ケラーは質問を発することなく、シュトラウスの指示を発射管室に伝えた。

シュトラウスは、今一度潜望鏡を上げた。目標の相対位置が変わっている。

「目標、本艦の左一〇度。距離八〇〇。針路〇度。速力一八ノット」

シュトラウスは潜望鏡を下ろしながら、読み取った目標の位置、針路、速度をケラーに伝える。

「発射管、一番から四番まで準備よし」

ケラーが発射管室に指示を送るや、ほとんど間を置かずに報告が届く。

目標は、U568の正面を通過しつつある。

今発射すれば、魚雷は目標の右後方から追いかけることになる。

「発射管注水。発射管前扉開け」

「発射管注水。発射管前扉開きます」

ケラーがシュトラウスの命令を復唱し、発射管室に命じる。

空母にも、周囲を固める駆逐艦にも、動きに変化はない。

駆逐艦も、哨戒機も、輪型陣の内側に侵入したUボートは捕捉できないようだ。

（戦友と共に雷撃を敢行《かんこう》したいものだが）

そんな思いが浮かんだ。

狼群《ろうぐん》の仲間――第七九潜水戦隊の僚艦と共に、一斉攻撃をかければ、かなりの戦果を期待できるが、戦友たちと通信できる状況ではない。

迂闊《うかつ》に電波を出せば、位置を突き止められ、爆雷を叩き込まれる。

孤狼《ころう》となって、独自の判断で動く以外にない。

「発射管よし。前扉よし！」

「一番、二番発射。続いて三番、四番発射」

ケラーの報告を受け、シュトラウスは即座に下令した。

目標が艦の正面を通過しつつある現在、猶予《ゆうよ》はない。秒読みなしで発射するのだ。

艦首から圧搾空気の排出音が伝わり、U568が僅かに身を震わせた。

シュトラウスが艦長に任ぜられて以来、何度となく経験した、魚雷発射の瞬間だ。

艦内の気圧変化に伴う耳の奥の圧迫感は不快だが、雷撃の射点に付け、魚雷を発射したという高揚《こうよう》感の方が大きい。

「急速潜航」

シュトラウスは、落ち着いた声で命じた。

できることなら、ツァウンケーニヒが目標を捉える瞬間を見たいが、その余裕はない。

「急速潜航」

マイスナーが命令を復唱した。

U568は沈降を開始した。

シュトラウスが捕捉したのは、第四航空戦隊の二番艦「神龍」だった。

箱型の陣形を組む空母四隻のうち、右前方に位置していたところを、U568に狙われたのだ。

対潜警戒を、五対潜や輪型陣の外郭《がいかく》を固める駆逐艦、二五航戦麾下の哨戒機に任せきりにしていたわけではない。

水測員は敵艦の推進機音や魚雷航走音を聞き逃すまいと、海中の音に耳を澄《す》まし、手空《てす》きの乗員は、飛行甲板の左右両舷に張り付いて海面を見張っている。

だが一八ノットで航進する艦の推進機音は、敵潜の推進機音をかき消してしまう。

「神龍」以外の三空母――第三部隊旗艦「大龍」、第六航空戦隊の小型空母「神鳳」「海鳳」でも同じだ。

海面に潜望鏡が突き出された時間も数秒であり、幸運に恵まれない限り、肉眼での捕捉は難しい。

そもそも、潜望鏡のような小さな目標を、月明かりだけを頼りに発見するのは、極めて困難だ。

艦橋に詰めていた「神龍」艦長岸良幸《きしよしゆき》大佐の下に、「雷跡、右一五〇度！」の報告が届けられたとき、魚雷はもう間近に迫っていた。

「両舷、前進全速！」

岸は咄嗟に、機関室に下令した。

転舵《てんだ》による回避は間に合わない。速力を上げることで、魚雷を後落《こうらく》させようと判断したのだ。

「神龍」の艦底部から鼓動が伝わる。

米国製のホワイト・フォスター式重油専焼缶は、一六基合計一八万四〇〇〇馬力の最大出力を発揮し、四軸のスクリューは高速で回転して、激しく艦尾付近の海面を泡立たせる。

だがこの動きは、ツァウンケーニヒに格好の音源を与えることになった。

右舷後部で海面を見張っていた甲板員の何人かは、雷跡が大きく弧《こ》を描き、艦を追ってくる様を見て仰天《ぎょうてん》した。

「伝令、走れ！『敵魚雷、本艦を追尾中』と艦長に報せろ！」

甲板士官の池戸《いけど》旭《あきら》大尉は、水兵の一人に命じた。

だが、水兵が飛行甲板上を駆け出してから一〇歩と進まないうちに、「神龍」の右舷艦尾に水柱がそそり立ち、艦橋や巨大な煙突《えんとつ》を超えて伸び上がった。

衝撃は艦尾から艦首までを貫き、艦全体が激しくわななないた。

続いて二本目が、一本目よりもやや前寄り——右舷側の主機室付近に命中した。

再び巨大な水柱が奔騰《ほんとう》し、「神龍」は金属的な叫喚を発した。

「両舷停止！」

を岸艦長が下令し、艦はゆっくりと停止する。

魚雷二本が命中した右舷後部からは、どす黒い火災煙が立ち上ると共に浸水が始まっている。

駆けつけた内務科の乗員は、火災発生箇所で放水作業を始める一方、被雷箇所周辺で、隔壁の補強作業にかかっていた。

「神龍」が被雷してから停止するまでの動きは、後続する小型空母「海鳳」の艦上からも、はっきりと見えている。

艦戦隊隊長の桑原寿大尉は、部下の搭乗員と共に、艦の右舷側で海面の見張りに当たっていたが、「海鳳」の倍以上もある「神龍」が動きを止める様を、息を呑んで見つめた。

「神龍」は、建造中の巡洋戦艦を途中から空母に変更した艦であり、戦艦に引けを取らない巨軀《きょく》を持つ。ライバルだった「赤城」「加賀《かが》」が既にない今、世界最大の空母でもある。

その巨艦が動きを止める様を見て、改めて雷撃の威力を思い知らされた気がした。

その「神龍」の姿が左に流れた。

「海鳳」が、回避運動に入ったのだ。

「神龍」に比べれば遥かに小さいだけに、舵の利きは早い。海面に白い円弧を描きながら、右へ右へと回ってゆく。

「右舷雷跡！」

甲板員の叫びが、桑原の耳に飛び込んだ。

桑原は、両目を大きく見開いた。

雷跡が「海鳳」の回頭に合わせて、円弧を描いている。魚雷が獲物を追いかける鮫のように、急速転回する「海鳳」の内側へと回り込んで来る。

機種転換前に搭乗していた零戦が、敵機の内懐《うちぶところ》に食い込むような動きだ。

桑原は、艦橋後ろの発着艦指揮所に走った。

「飛行甲板より艦橋。敵魚雷、本艦を追尾中。敵の新兵器らしい！」

艦橋に通じる受話器《じゅわき》を取り、急を報せた。

報告が終わるか終わらないかのうちに、艦尾から凄まじい衝撃が突き上がった。

束《つか》の間《ま》、艦首が大きく沈み込み、飛行甲板が前方に傾斜した。

桑原は衝撃を感じた瞬間、咄嗟に飛行甲板上に身体を投げ出した。被雷の衝撃により、海面にはたき落とされることを予感したのだ。

衝撃はほどなく収まり、桑原は身体を起こした。

「海鳳」は前方の「神龍」同様、動きを止めている。

艦尾が沈み込み、飛行甲板が坂となっていることが分かる。艦尾水線下に破孔を穿たれ、浸水が始まっているのだ。

「搭乗員、無事か⁉」

被雷の衝撃に伴う狂騒《きょうそう》が艦を覆う中、桑原は自分と一緒に見張りに当たっていた部下に呼びかけた。

被雷した際、突き上がった水柱に巻き込まれるか、衝撃で海に落ちた者がいるのではないかと懸念《けねん》したのだ。

「一中隊、全員が健在です」

桑原の二番機を務める香月明雄上飛曹が報告した。

「二中隊は――」

桑原が言いかけたとき、艦の左舷側から、おどろおどろしい炸裂音が届いた。

左舷側海面に向けた桑原の目に、駆逐艦の一隻――第三三駆逐隊の「早波《はやなみ》」の艦腹に突き上がる水柱が映った。

「神龍」に二本、「海鳳」「早波」に各一本。

合計四本の魚雷は、いちどきに三隻の艦を戦闘不能に陥《おとしい》れたのだ。

帝国海軍の機動部隊が初めて経験する、音響ホーミング魚雷の威力だった。


「敵潜は本艦が仕留める！　一一一駆、一一五駆は第三部隊の護衛を継続せよ。五対潜の指揮は、一一一駆司令が執れ」

八代祐吉五対潜司令官は、旗艦「球磨」の艦橋に仁王《におうだ》立ちとなり、宣言するように言った。

第三部隊旗艦「大龍」からは、

「部隊針路四五度」

との命令が出されている。

司令官の角田覚治中将は、陸地に近い方が水深が浅く、Uボートが潜んでいる可能性も小さいと判断したようだ。

「面舵一杯。『神龍』の右後方に向かえ」

坂崎国雄「球磨」艦長は、渋谷英吉航海長に命じた。

「面舵一杯。針路一五〇度。他艦の動きに注意しつつ、『神龍』の右後方に移動する」

渋谷が、操舵室に細かい注意を与える。

第三部隊の各艦が北東に変針する中、「球磨」は艦首を大きく右に振る。

第三四駆逐隊の夕雲型駆逐艦や第七戦隊の最上《もがみ》型重巡の間を縫《ぬ》うようにして、停止している「神龍」の右後方へと針路を取る。

三万六〇〇〇トンもの基準排水量を持つ巨艦が、魚雷二本程度で沈むとは思えなかったが、被雷したのは艦の運動を司《つかさど》る機構が集中している艦尾だ。

リヴァプールに戻るためには、他艦による曳航《えいこう》が必要かもしれない。

「速力五ノット」

「速力五ノット。宜候《ようそろ》」

坂崎の命令に、機関長溝口昌夫《みぞぐちまさお》少佐が復唱を返し、「球磨」が減速する。

「潜水艦の水中速力から考えて、それほど遠くには行けないはずだ。必ず探し出せる！」

八代が力のこもった声で言ったとき、

「後方より味方機接近」

後部見張員が報告を上げた。

耳に馴染《なじ》んだ一式陸攻の爆音が、「球磨」の頭上を通過する。

「哨戒機三号より受信。『我、貴艦ヲ援護ス』」

「哨戒機三号に『謝ス』と返信せよ」

高田通信長の報告を受け、坂崎は命じた。

哨戒機三号は既に対潜爆弾を使い果たしているが、磁探は使用可能だ。

上空から敵潜を捜索し、「球磨」に位置を報せるつもりであろう。

一式陸攻が、高度一〇〇メートル前後の低空を低速で飛行する。

海面を舐め回すような飛び方だ。

「球磨」も、五ノットの速力で航進しつつ、海中に探信音を放つ。

すぐには、発見できない。

陸攻から「敵潜発見」の報告が入ることもなく、水測室から「敵推進機音！」「敵艦の反射波有り！」といった報告が届くこともない。

海面は、魚雷命中の修羅場《しゅらば》などなかったかのように静まりかえっている。

坂崎は、北東に視線を向けた。

第三部隊本隊と、護衛の一一駆、一一五駆の姿は、既に見えなくなっている。

残されたのは「球磨」と一一五駆の「蘭」、被雷して行き足《いあし》が止まっている「神龍」「海鳳」「早波」だけだ。

(無音潜航を保っているのだろうな)

坂崎は、海面下の敵に呼びかけた。

敵潜は磁探にかからぬよう、動きを止めると共に、全ての音を止めているのだろう。

艦長以下の乗員は、どのような思いを抱いているのか。全員が、凄まじい忍耐力を有していることは間違いないであろうが——。

「根比《こんくら》べなら負けはせぬ」

坂崎が呟いたとき、高田の報告が飛び込んだ。

「哨戒機より報告。『磁探ニ感有リ。吊光弾ヲ投下ス』」

「ありがたい！」

坂崎は、八代と頷き合った。

「艦長より水雷。前投《ぜんとう》爆雷、一番、二番とも用意！」

「前投爆雷、一番、二番とも用意します！」

坂崎の命令を受け、水雷長渡《わたり》隆平《りゅうへい》少佐が復唱を返した。

「最初から前投爆雷を使うつもりか？」

八代が聞いた。

前方投射式爆雷は切り札であり、ここぞというときに使用する武器だ。それを最初から用いることに、驚きを隠せないようだ。

「一度に三隻の味方艦を雷撃した強敵です。確実に仕留めねばなりません」

坂崎は、断固《だんこ》たる口調で返答した。

ほどなく、「球磨」の左前方に吊光弾が投下され、青白い光が海面を照らした。

この真下にUボートがいる、との合図だ。

「艦長より水雷。前投爆雷発射！」

「前投爆雷発射、宜候。二番を撃ちます」

渡が、坂崎の命令を復唱した。

艦橋の左前から、前投爆雷に特有の太鼓を連打するような発射音が届き、二四発の対潜弾が夜の海面に飛翔した。

「海面に着水音。連続します！」

「両舷前進全速！」

カール・シュプケ水測士が報告するなり、オットー・シュトラウスＵ５６８艦長は血相を変えて叫んだ。

海上の敵艦が、ヘッジホッグを使用したと判断したのだ。

ヘッジホッグは一発が起爆すると、他の二三発も爆発する。生き延びる手段はただ一つ。対潜弾二四発の散布界から逃れることだ。

「両舷前進全速！」

機関長グスタフ・シェラー中尉が復唱し、Ｕ５６８が動き始めた。

艦は急速潜航の後、一二〇度に変針している。敵に背を向け、遁走する格好だ。

「敵に推進機音を聞きつけられます！」

「ヘッジホッグから逃れるのが先だ」

先任将校ルードヴィク・ケラー中尉の言葉に、シュトラウスは応えた。

潜航中に最高速度を発揮すれば、敵に発見されるだけではない。蓄電池の消耗も早くなる。

だが、動かなければ高確率で撃沈される。

少しでも、生存確率が高い方を選ぶのだ。

この直前まで静止状態にあったＵ５６８が加速される。

ほどなく水中での最高速度七・六ノットに達するが、艦の動きはもどかしくなるほど鈍い。

時速に直すと一四キロあまり。自転車をやや速めに漕《こ》いでいるスピードに等しい。

状況が切迫《せっぱく》していることを考えれば苛立《いらだ》たしい限りだが、潜航状態ではこれが精一杯だ。

（対潜弾はどこまで来たか）

シュトラウスは頭上を見上げた。

投下された爆雷と自艦の相対位置を探る手段はない。艦長としては、自分の判断が正しいと信じるだけだ。

Ｕ５６８は前進を続ける。

シュトラウスは、頭上から脅威が迫りつつあるのを感じる。

一発でも艦に接触したら、そこで終わりだ。

二四発の対潜弾が一斉に爆発し、U568の艦体は破壊される。

(逃げろ、U568。機関出力を振り絞れ。スクリュー・プロペラを回せ。一センチでも、一ミリでも、ヘッジホッグから遠ざかれ)

シュトラウスは艦に呼びかけた。

待つことしばし、艦の後ろ下方から炸裂音が伝わった。

最初に小爆発が一回起こり、次いで多数の爆発が連続した。中国人が祭りのときなどに使う爆竹《ばくちく》を思わせた。

「両舷停止。無音!」

咄嗟に、シュトラウスは命じた。

機関の鼓動が止まり、U568は惰性《だせい》でなおも前進を続けた後に停止した。

「ヘッジホッグの爆発でしょうか?」

「間違いない。海底の岩にでも接触したんだろう」

ケラーの問いに、シュトラウスは答えた。

咄嗟に全速航進を命じたのは正しかった、とシュトラウスは悟っている。

推進機音を聞きつけられることを恐れ、静止状態を保っていたら、ヘッジホッグにかかっていたに違いない。

「敵艦より探信音!」

爆発の余韻《よいん》が収まったとき、シュプケが緊張した声で報告した。

「来たか」

シュトラウスは舌打ちした。

敵の指揮官は、先のヘッジホッグによる攻撃が失敗に終わったと判断したのだ。

「どうします?」

「様子を見る」

ヘルムート・マイスナー航海長の問いに、シュトラウスは即答した。

このまま海中に潜み、やり過ごせる可能性に懸《か》けるのだ。

「敵艦接近。方位三〇〇度、距離一五〇〇」

シュプケが新たな報告を送った。

「音を立てるな。僅かでも、艦を動かすな」

シュトラウスは、全員に下令した。

伝令が艦内各所に走り、シュトラウスの命令を伝える。

発令所でも、前部、後部の発射管室でも、機関部や居住区でも、物音を立てたり、声を発したりする者はいない。

機関も、動きを止めている。

「敵距離一〇〇〇」

シュプケが、囁くような声で報告する。

シュトラウスは、頭上を振り仰いだ。

分厚い海水を通して敵艦が視認できる道理はないが、接近して来る敵の気配《けはい》を感じ取れるような気がした。

「敵艦、本艦の真上を通過」

シュプケの報告を受け、シュトラウスは身体がこわばるのを感じた。

「海面に着水音」の報告が届けば、爆雷の炸裂を覚悟しなければならない。潜水艦乗りにとっては、地獄《じごく》の始まりだ。

三〇秒、一分と時間が経過する。

シュプケは、沈黙を保っている。

爆雷の投下はないようだが、すぐには安心できない。距離を取って、ヘッジホッグを発射する可能性も考えられる。

三分余りが経過し、

「敵距離五〇〇。なお遠ざかります」

と、シュプケが報告する。

「まだだ。まだ、安心できん」

物問《ものと》いたげな顔を向けたケラーに、シュトラウスはかぶりを振った。

現在と同様の状況は、過去に何度も経験している。

「アカギ」「カガ」を撃沈したインド洋の戦いでも、紅海や地中海でも、艦を静止状態に保ち、息を潜めることで、敵艦の探知をかいくぐって来たのだ。

今度も、同じように振る舞うだけだ。

「敵距離二〇〇〇」

シュプケが報告したところで、シュトラウスは聞いた。

「敵の動きに変化はないか?」

「ありません。本艦から遠ざかります」

「敵は、本艦を失探《しったん》したのでは?」

ケラーの問いに、シュトラウスは少し考えてから答えた。

「もう少し待つ」

シュトラウス自身には経験はないが、戦友のUボート艦長には、敵に引っかけられた経験の持ち主がいる。

敵駆逐艦が、針路、速度共一切変更しないまま、潜航中のUボートから遠ざかったため、安心して移動に移ったところ、引き返して来た敵艦に爆雷攻撃を受けたのだ。

そのUボートは生還したものの、艦長は「敵に一杯食わされた」と大いに恥《は》じている。

戦友と同じ失敗を犯すわけにはいかない。

更に数分が経過したとき、シュプケが状況の変化を報せた。

「敵距離三〇〇〇。探信音、消えました」

「別命あるまで、現配置にて待機」

シュトラウスは、あらためて命じた。

敵艦がU568の捜索を断念したとは、シュトラウスは思っていない。

探信音を一旦止め、諦《あきら》めたふりをしている可能性は充分考えられる。

潜水艦と駆逐艦の戦いは、騙《だま》し合いの側面もある。どちらが巧《たく》みな嘘《うそ》をついたかで、勝負が決まる。

「探信音検知。方位一二〇度、距離三〇〇〇」

約一五分後、シュプケが敵の新たな動きを報せた。

「艦長の言われた通りでしたか」

ケラーが感嘆の表情を浮かべた。

先の敵艦の動きは、やはり見せかけだった。

U568の捜索を断念したふりをして、こちらが動くのを待っていたのだ。

「今しばらくの我慢《がまん》だ」

シュトラウスが言ったとき、

「前部発射管、一番から四番まで装塡完了」

ルドルフ・エッガー水雷長から報告が上げられた。

先にツァウンケーニヒを発射し、急速潜航に移った直後、シュトラウスはエッガーに次発装塡を命じたのだ。

潜水艦内における魚雷の次発装塡は、水上艦のそれに比べ、かなりの時間を要する。

乗員の腕にも左右されるが、四門の発射管に装塡を完了するまで、一時間以上はかかるのが普通だ。

その作業を、エッガー以下の水雷科員は、四〇分ほどで完了させたのだ。


「やってみるか」

誰にともなしに、シュトラウスは言った。

このまま海中に身を潜めていれば、敵に探知されることなく逃げ切れるかもしれない。

だが、U568を捜索している敵艦は一隻だけだ。

敵艦隊の大部分は、現海面から遠ざかっており、すぐに駆けつけられる状態にはない。

海面の敵艦を仕留めた方が、確実にこの場から逃げられるのではないか。

「賛成です、艦長。やりましょう！」

「私も賛成です」

ケラーとペーターゼンが意気込《いきご》んだ様子で言った。

「艦長らしくありませんな」

そんな言葉で反対意見を唱えたのは、マイスナー航海長だ。

これまでシュトラウスは、「堅実に戦って、確実に戦果を上げる」ことを旨《むね》としてきた。敵艦に戦いを挑《いど》むのは賭けの要素が大きい、と言いたいのだ。

「敵は一隻しかいない。海中でじっとしているよりも、堅実な戦い方だ」

「……指示をお願いします」

シュトラウスの応えを受け、マイスナーは言った。

艦長が判断された以上、異議は唱えません、御命令に従い、艦を雷撃の射点に持って行きます、との意志表示だった。

「潜望鏡深度まで浮上！」

堪《こら》えていたものを吐き出すように、シュトラウスは下令した。

海水の排出音が響き、艦が浮上を開始する。

安全潜航深度ぎりぎりの深さに身を潜めていた艦が、海面に向かって動き出したのだ。

発射管制盤には、早くもケラーが取り付いている。命令があり次第、即座に発射できるよう、準備を整えているのだ。

「雷撃目標、正面より接近せる敵艦。駛走深度二。発射雷数四。開口角二度。雷速三〇ノット」

シュトラウスは、ケラーに指示した。

目標は一隻だけだが、目的は撃沈ではなく、U568の生還だ。

撃沈に追い込まなくとも、魚雷一本を命中させ、行動不能に追い込めば、目的は達せられる。

そのためには、開口角を広めに取るのだ。

艦は、急速に海面へと近づいている。

潜水艦乗りにとっては、解放感を感じる状況だが、海面には強敵が待ち構えているのだ。

深さ一五メートルに達したところで、艦の動きが停止した。

「潜望鏡上げ」

を、シュトラウスは下令した。

自身の一部のように馴染んだ潜望鏡を通じて、月明かりの下に、敵の艦影がぼんやりと見えた。

「左に八度回頭」

「左に八度回頭。宜候」

シュトラウスの指示にマイスナーが復唱を返した

とき、敵の動きに変化が生じたように見えた。

シュトラウスが潜望鏡を下げたとき、シュプケが切迫した声で報告した。

「推進機音拡大。敵艦、増速しました！」

坂崎国雄「球磨」艦長は、新井保典水測長からの報告を受け取るや、続けざまに三つの命令を発していた。

「両舷前進全速！」

「目標、本艦正面の敵潜水艦。距離三〇《サンマル》（三〇〇〇メートル）。砲撃始め！」

「前投爆雷、発射用意！」

機関の鼓動が高まり、五ノットの速力で航進していた艦が加速される。

「目標、本艦正面の敵潜水艦。砲撃始めます！」

射撃指揮所から報告が届き、前甲板に発射炎が閃く。一四センチ単装主砲五基のうち、正面に指向可能な一番主砲が発砲したのだ。

「前投爆雷、発射用意。一番を撃ちます」

渡隆平水雷長が先の命令を復唱する。

「しぶとい相手だ」

坂崎は、敵の粘りと判断力に舌を巻いている。

先に前投爆雷を発射したとき、坂崎は目標の撃沈を確実視していた。

ところが敵潜は、推進機音を聞きつけられる危険も厭《いと》わず、全速航進に移行し、前投爆雷を外しにかかった。

結果、前投爆雷は目標を捉えることなく、海底で爆発した。

二四発の対潜弾は、海底の泥を引っかき回すだけに終わったのだ。

対潜弾の炸裂と同時に、敵潜は機関を停止し、「球磨」の水測員も敵潜を失探した。

Uボートの捜索は、振り出しに戻ったのだ。

坂崎は、諦めることなく敵潜の捜索を継続した。

潜航中の潜水艦は、機関出力を振り絞っても七、八ノットがせいぜいだ。

必ず見つけられるはずだと信じ、海中に探信音を放ち続けた。

だが敵潜は潜望鏡深度まで浮上し、反撃に転じたのだ。

先に「神龍」「海鳳」「早波」が被雷してから現在までの時間経過を考えると、既に次発装填を完了している可能性が高い。敵が魚雷を発射する前に、仕留めなければならない。

「球磨」は五ノットから一〇ノット、一五ノットと速力を上げる。

一番主砲が咆哮し、闇の彼方《かなた》目がけて直径一四センチの射弾を撃ち込む。

敵潜の頭上には、哨戒機三号が吊光弾を投下しており、青白い光が海面を照らし出しているが、直撃弾炸裂の閃光はない。

三〇〇〇メートルの砲戦距離は、夜間であってもかなりの近距離だが、敵潜が海面に突き出しているのは潜望鏡だけだ。

そのような小さな目標に照準を合わせるのは、困難なのかもしれない。

「艦長より水雷。敵との距離〇二五《マルフタゴ》（二五〇メートル）にて前投爆雷発射」

砲撃の合間を縫って、坂崎は渡に命じた。

「前投爆雷、敵との距離〇二五《マルフタゴ》にて発射します」

渡が復唱を返した直後、

「前方に注水音！　敵艦、潜航！」

水測室から報告が飛び込んだ。

「敵との距離は？」

「一二《ヒトフタ》（一二〇〇メートル）！」

坂崎の問いに、新井が即答する。

「いかん……！」

八代祐吉司令官が顔色を変えた。

敵潜が、魚雷を発射したと直感したのだ。

「艦長――」

「このまま行きます！」

　八代の呼びかけに、坂崎は即答した。

　敵潜は「球磨」の正面から雷撃した。対向面積は最小だ。

　このまま直進し、回避できる可能性に懸ける以外にない。

「距離一〇《ヒトマル》（一〇〇〇メートル）！」

「正面より雷跡二！」

　二つの報告が、前後して上げられた。

「艦長より達《たっ》する。総員、衝撃に備えよ！」

　坂崎が全乗員に命じたとき、雷跡が見えた。

　あたかも「球磨」に引き寄せられるように、まっすぐ向かって来た。

　目を背《そむ》けたいが、視線は海面に釘付けになったように動かない。

　艦を待つものは、破局か回避かだ。

（当たる……！）

　雷跡が艦首の陰に消えたとき、坂崎は最悪の事態を想定した。

　被雷の衝撃を覚悟し、両足を踏ん張ったとき、

「雷跡、左右に抜けました！」

　見張員が、安堵したような声で報告した。

「よし……！」

　八代が頷き、坂崎も大きく息を漏らした。

「球磨」は、紙一重のところで破局を免れたのだ。

「敵潜の雷撃は回避せり！」

　坂崎が全乗員に伝えた直後、艦橋の右前から鋭い発射音が連続して届いた。

　坂崎の目に、多数の対潜弾が放物線軌道を描き、夜の海面に向かってゆく様が見えた。

「艦長より機関長。速力五ノット！」

「速力五ノット。宜候」

　坂崎の指示に、溝口昌夫機関長が復唱を返した。

　最大戦速に達していた「球磨」の速力が、急速に減少する。

　艦は、先に前投爆雷を投下した海面を通過する。

「艦長より水雷。爆雷戦用意！」

坂崎は、渡に新たな命令を送った。

前投爆雷が敵艦を捉えられなければ、爆雷を投下しなければならない。

「うまく行くかな？」

「私は、命中を信じております」

八代の問いに、坂崎は答えた。

ほどなく、新井水測長が報告を上げた。

「本艦後方に爆発音を確認。深さ七五。前投爆雷と認む」

5

U568は、九月六日の夜明け前に浮上した。

ランズエンド岬沖の海上からは、既に日本軍の対潜艦艇も、哨戒機も姿を消している。

U568が魚雷を命中させた三隻の敵艦も見当たらない。海中に隠れ潜んでいる間、艦体破壊音は聞いていない。沈没を免れ、リヴァプールに避退したと推測された。

艦橋に上がったオットー・シュトラウス艦長は、艦首を見た。

被弾の跡がはっきりと分かった。

艦首甲板に破孔が穿たれ、艦首全体がひしゃげたようになっている。巨大な手に握りつぶされたような有様《ありさま》だ。

沈没に至らなかったのが奇跡と思えた。

「前部発射管室は全滅です。隔壁の状態から見て、満水状態になっていると推測されます」

発令所に戻ったシュトラウスに、ルードヴィク・ケラー中尉が報告した。

「速力はどの程度出せる？」

「三ノットが限界でしょう。後進で進んだ方が、速く動けるかもしれません」

ケラーに代わり、ヘルムート・マイスナー航海長が返答した。

「ブレストへの帰還は無理か？」

「困難です。途中で敵の攻撃を受けなかったとしても、艦が保ちますかどうか」

「ここまでか……」

シュトラウスは肩を落とした。

浮上しての雷撃戦は、やはり無茶《むちゃ》だったか、との後悔が胸をかすめた。

海上に居座《いすわ》る敵艦を自力で撃退すべく、潜望鏡深度に浮上して、前部発射管から雷撃を見舞《みま》ったものの、敵艦の正面から発射したことが災いしたのだろう、四本の魚雷は一本も命中することなく終わった。

雷撃後、急速潜航をかけたものの、ヘッジホッグに捉《つか》まった。

投下された対潜弾二四発のうち、一発が艦首に命中し、爆発したのだ。

その一発が散布界の外縁部に位置していたためだろう、U568は辛《から》くも沈没を免れたが、艦首は四門の発射管もろとも破壊されたのだ。

前部からの浸水は、隔壁の補強によって防いでいる状態であり、僅かでも水圧が増大すれば、即座に破られかねない。

潜航など、できる状態ではない。

仮に帰還しても、艦は放棄せざるを得ないだろう。

「堅実さを捨てた罰《ばつ》だな」

シュトラウスは自嘲的に呟いた。

Uボートの艦長に任じられて以来、シュトラウスは一貫して「堅実に戦って戦果を上げる」姿勢を取って来た。

際《きわ》どい状況に置かれたこともあるが、慎重に行動することで乗り切って来た。

だが昨夜の戦いでは、一か八かの勝負に出、敵艦に正面からの戦いを挑んだ。

結果、U568は大破し、帰還不能となったのだ。

「賭けなんて、ろくなものじゃない。あんなもの、人生に何の実りももたらしはしない」

シュトラウスと二人の兄は、よく家具職人の父親から、そう言い聞かされたものだ。

父は、賭け事によって身を持ち崩した職人仲間を何人も見ており、彼らを反面教師としていたのだ。

親父の言った通りだったと、シュトラウスは思う。堅実さを捨て、賭けに踏み切ったことが、U568に破局を招いたのだ。

(まだ終わりじゃない)

シュトラウスは、自身に言い聞かせた。

U568は、まだ沈んでいない。微速前進、もしくは後進であれば航行可能なのだ。

艦は放棄せざるを得ないとしても、乗員だけは生還させなければならない。

「プリマスまでなら行き着けそうか?」

シュトラウスはマイスナーに聞いた。

プリマスは、イギリス本土南西部のコーンウォール半島にある港湾都市だ。

イギリス本土の陥落前は軍港としても使用されていたが、現在はドイツ軍の占領下にある。

イギリス本土に上陸した連合軍はロンドン攻略を目指しており、プリマスを含めたコーンウォール半島は放置されている。

プリマスまでたどり着ければ、友軍に合流できる。

「途中で敵に発見されなければ、可能と考えます」

「コーンウォール半島の南岸に沿って、プリマスを目指す」

マイスナーの答を受け、シュトラウスは断を下した。

「プリマスに入港しても、本国には帰還できないと考えますが」

ケラーが、遠慮がちに意見を述べた。

コーンウォール半島の友軍は孤立《こりつ》しており、本国からの補給も、増援もない。

ロンドンの友軍とは、連合軍の地上部隊によって遮断されている。

U568の乗員は、コーンウォール半島に立てこもる陸軍部隊の指揮官に運命を委ねる以外にない。

「分かっているが、今は生還が第一だ。生きてさえいれば道は開ける」

「分かりました。後進によって、プリマスに向かいます」

マイスナーが頷いた。

他の乗員からも、異議は出ない。艦の状況を考えれば、他に道はないと理解したのだろう。

シュトラウスは、艦内放送用のマイクを取った。

「艦長より達する。本艦はこれより、後進によってプリマスに向かう。入港後は、コーンウォール半島の友軍に合流する。今より本艦の任務は、生き残っている乗員全員の生還だ。その目的のため、全員が持ち場で最善を尽くしてくれ。以上」

U568が本国のB&V《ブロム・ウント・フォス》造船所で竣工し、シュトラウスが艦長に任ぜられたのは、一九四一年五月一日だ。

以来三年四ヶ月、艦は大西洋、インド洋、紅海、地中海と転戦し、第七九潜水戦隊の僚艦と共に、多数の連合軍艦船を撃沈した。

アメリカの参戦後はニューヨーク沖まで遠征し、アメリカ軍の空母に雷撃を成功させている。

多数が建造されたⅦC型Uボートの一隻であり、姉妹艦に比べて突出《とっしゅつ》した性能を持つわけではないが、赫々《かくかく》たる武勲を立てて来た艦なのだ。

その武勲も、四三名の部下が力を尽くしてくれたためだ。

最後の任務が乗員の生還となったことは、U568に相応しいのかもしれない。

艦の後部から、機関の鼓動が伝わった。

U568が、後ろ向きに動き始めた。

6

九月八日、バルト海と北海を結ぶスカゲラック海峡は、うっすらとした霧に覆われていた。

艦船の航行を妨げるほどではなかったが、海峡を行き来する船は少ない。

ドイツ軍の哨戒艇《しょうかいてい》や駆潜艇《くせんてい》が、対潜警戒に当たっている程度だ。

三ヶ月ほど前までは、イギリス本土に運ぶ増援部隊や補給物資を満載した輸送船や、キールに帰還する船が頻繁《ひんぱん》に海峡を通過していたが、現在、海峡を通る船の数は少ない。

九月五日から六日にかけて、北海沿岸の諸港に連合軍の大規模な空襲が行われ、多数の輸送用艦船が失われたため、海軍は残存する輸送船をキールに避退させたのだ。

「海軍総司令部は、イギリスへの物資輸送を諦めたらしい」

そんな噂が、哨戒艇や駆潜艇の乗員たちの間で囁かれている。

「ゲーリング（ヘルマン・ゲーリング。空軍総司令官）が、空軍だけでイギリス本土の友軍を支えて見せると豪語《ごうご》したらしいぞ」

「ゲーリングの約束なんて、あてになるものか。空輸だけでどれだけの物資が運べるってんだ」

「イギリス本土の友軍は、見殺しにされるんじゃないのか？」

だが、それらの噂を大声で話す者はいない。彼らは、黙々《もくもく》と敵潜水艦の捜索にいそしむだけだった。

時計の針が九時を回ったとき、ユトランド半島北端のグレネン岬を回り込みながら、一群の艦が姿を現した。

小型艦艇の乗員たちがざわめいた。

駆逐艦群の後方に、全長が二〇〇メートルを超え、巨大な主砲を屹立《きつりつ》させた戦闘艦艇が続いている。

二〇・三センチ連装砲を、前後に二基ずつ装備した重巡洋艦アドミラル・ヒッパー級三隻、二八センチ三連装砲という戦艦に匹敵する巨砲を重巡と同規模の艦体に装備した装甲艦二隻が、白波を蹴立《けた》てながら航進する。

いずれもナチスが政権を掌握《しょうあく》し、ドイツが再軍備に踏み切ってから誕生した、新世代の軍艦だ。

「大海艦隊が征《ゆ》く……」

予備役から招集され、特設哨戒艇Ｖ７２２の艇長に任じられた老中尉が呟いた。

日本が参戦し、戦争が新たな局面を迎えて以来、ドイツ大海艦隊は、バルト海の軍港キールに逼塞《ひっそく》する時間が長かった。

戦艦「ビスマルク」「ティルピッツ」が地中海に出撃したり、装甲艦や重巡がソ連領に艦砲射撃を加えたりしたことはあるが、日本艦隊やイギリス艦隊との戦闘は、専らイギリスやフランスから接収した艦に任せていたのだ。

その大海艦隊が、スカゲラック海峡を通過しようとしている。

巨大な運命が動き出そうとしていることを、老中尉は感じていた。

装甲艦二隻の後方から出現した巨大な影を見て、老中尉は目を見張った。

全体の形状はビスマルク級に似ているが、艦体も、上部構造物も、一回り大きい。

主砲の口径も、ビスマルク級より上だ。

日本海軍のヤマト型は、口径四六センチの巨砲を装備していると聞くが、それを上回るように思える。

「本当じゃったのか……」

老中尉は、あることを思い出している。

キールの造船所で、ビスマルク級を上回る巨大戦艦が建造されている、との噂を。

軍機のヴェールに包まれており、確実な情報とは言い難かったが、今、それが単なる噂ではなかったことがはっきりした。

ビスマルク級を上回る大戦艦は、現実の存在として、スカゲラック海峡に姿を現したのだ。

大戦艦の後方には、ビスマルク級戦艦二隻、シャルンホルスト級巡洋戦艦二隻が続いているが、そちらは目に入らない。

老中尉は、初めて目の当たりにした巨艦だけを見つめていた。

「神々の黄昏《ラグナロク》……」

北欧神話の中で語られる、神々と巨人の最終決戦を意味する語を、老中尉は呟いた。

その「黄昏《たそがれ》」が、連合国とドイツのどちらに訪れるのかは、彼の与《あずか》り知るところではなかった。

第四章　最終海戦

1

「電探、感三。方位九五度、距離三八〇《サンハチマル》（三万八〇〇〇メートル）」

「砲術より艦橋。マストらしきもの四を確認。方位九五度、三八〇《サンハチマル》。マストの数、増加中」

遣欧艦隊旗艦「武蔵」の艦橋に、電測長阿久津《あくつ》豊《ゆたか》大尉と砲術長越野公威《こしのきみたか》中佐の報告が、ほとんど間を置かずに上げられた。

「全艦、観測機発進」

「艦長より飛行長、観測機発進」

司令長官小林宗之助大将が下令し、「武蔵」艦長朝倉豊次《あさくらぶんじ》少将が飛行長尾形直哉《おがたなおや》大尉に命じた。

朝倉が「武蔵」艦長として実戦に臨むのは、六月のエジンバラ沖海戦に続いて二度目となる。

艦長が在任中、少将に昇進した場合には、一、二ヶ月で後任に艦長職を引き継ぎ、異動するのが通例だが、小林遣欧艦隊司令長官は、

「英本土奪回作戦の最中に旗艦の艦長を交代させるのは、得策ではない。作戦終了まで、朝倉を『武蔵』の艦長職に留めて欲しい」

と海軍省に申し入れ、朝倉自身も「武蔵」艦長への留任を希望したため、引き続き朝倉が「武蔵」の指揮を執ることになったのだ。

艦橋の後方から射出音が続けざまに響き、爆音が聞こえ始める。

「武蔵」が搭載する水上偵察機全機が発艦したのだ。

「後部見張りより艦橋。『大和』観測機発進。三、四、五戦隊、続けて観測機発進します」

僚艦の動きが報告される。

「英艦隊からの通信は？」

「通信、英艦隊からの入電はあるか？」

小林の問いを受け、参謀長青木泰二郎《あおきたいじろう》少将が通信室に聞いた。

「英艦隊も、電探で敵の位置を把握したと伝えてお

ります。現在、観測機発進中」

との答が返された。

「大詰めだな」

小林が幕僚たちの顔を見渡し、微笑《びしょう》した。

スカゲラック海峡の出口付近で、ドイツ軍の動きを監視していた伊号第四二潜水艦が、「敵艦隊出港セリ」の緊急信を打電したのは、九月八日の午後だ。

遣欧艦隊本隊と英国本国艦隊は、敵水上部隊の出現に備えてエジンバラ沖に展開していたが、伊四二の報告電を受け、北海に打って出た。

「本国艦隊司令部は、ドイツ艦隊が我が本国艦隊、及び日本艦隊との決戦を求めていると推測しております」

英海軍の連絡将校ニール・C・アダムス中佐は、遣欧艦隊司令部に報告した。

九月五日のフランス、ベルギー、オランダの北海沿岸諸港、及びビスケー湾のUボート基地に対する航空攻撃で、連合軍は多数の輸送船と軍艦改装の高速輸送艦を撃沈し、Uボートの支援施設に大損害を与えた。

北海沿岸の諸港に対する攻撃は、翌九月六日にも実施され、連合軍は、

「ドイツ海軍は、イギリス本土への海上輸送能力を喪失せり」

と判断した。

その二日後、ドイツ艦隊がバルト海から出撃してきたのだ。

「九月五日、及び六日の攻撃で、ドイツ海軍はイギリス本土を守る友軍への物資輸送が、ほぼ不可能となりました。イギリス本土のドイツ軍部隊は孤立し、補給も、増援も望めず、将兵の士気は著しく低下しております。このような状況であれば、指揮官は降伏を考えるでしょうが、ヒトラーとしては、それは避けたい。そのため、本国艦隊を出撃させて将兵を鼓舞《こぶ》しようと考えたのでしょう」

「艦隊決戦なら望むところだ」

小林は大きく頷いた。

連合軍としては、新たに戦列に加わった米大西洋艦隊に支援を求めるべきだったかもしれない。

九月五日、六日の攻撃を実施した大西洋艦隊隷下の第五艦隊は、条約明け後に竣工した新鋭戦艦六隻を擁している。

うち二隻――「アイオワ」「ニュージャージー」は、五〇口径の長砲身四〇センチ砲を装備しており、大和型に迫る主砲火力を有している。

第五艦隊隷下の新鋭戦艦群であれば、ドイツ艦隊と互角以上に戦えるはずだ。

だが第五艦隊は、航空攻撃の終了後、戦力補充と燃料補給のため、一旦後方に下がっている。

北海沿岸の諸港を攻撃したとき、ドイツ空軍の迎撃を受け、多数の艦上機を失ったのだ。

作戦行動中にUボートの襲撃を受け、戦艦二隻、空母、重巡各一隻が被雷したとの情報もある。

ドイツ艦隊の迎撃は、帝国海軍遣欧艦隊と英本国艦隊に委ねられたのだ。

ジェームズ・ソマーヴィル英本国艦隊司令長官も、小林も、米軍に支援を要請していない。

「最後の詰めは、我々自身の手でやりたい」

というのがソマーヴィルの考えであり、小林も同調していたのだ。

「有終《ゆうしゅう》の美《び》を飾《かざ》るとしよう」

小林が、幕僚たちを見渡した。

枢軸軍との大規模な水上砲戦は、今回がおそらく最後になる。

これまでの戦いでドイツ海軍が投入して来た接収艦――フランス製やイギリス製の戦艦は、ほとんど残っていない。

ドイツ軍の戦艦は、温存《おんぞん》される傾向にあったが、それらが出撃して来たのだ。

これを撃滅すれば、枢軸軍の水上部隊は事実上消滅する。

小林は、その最後の戦いにおける勝利を疑っていないようだ。

遣欧艦隊本隊の編成は、第一戦隊の戦艦「武蔵」「大和」、第三戦隊の戦艦「金剛《こんごう》」「榛名《はるな》」、第四戦隊の高雄《たかお》型重巡四隻、第五戦隊の妙高《みょうこう》型重巡四隻、第二水雷戦隊の駆逐艦一六隻だ。第三戦隊は、第三艦隊から一時的に本隊の指揮下に異動させている。

英国本国艦隊は、キング・ジョージ五世級戦艦二隻、リナウン級巡洋戦艦二隻、軽巡六隻、駆逐艦一二隻となっている。

友軍の索敵機によれば、ドイツ艦隊の編成は戦艦五隻、重巡、軽巡各六隻、駆逐艦二四隻。戦艦のうち二隻は、シャルンホルスト級巡洋戦艦と推測される。

戦艦、巡洋艦、駆逐艦とも日英艦隊の方が多い。

しかも、日本艦隊には世界最強の大和型戦艦二隻がある。

連合軍の優位は動かないが――。

「ドイツ海軍の戦艦が五隻と報告されているのが気になるところです」

作戦参謀芦田優中佐が懸念を表明した。

ドイツ大海艦隊の主力は、ビスマルク級戦艦とシャルンホルスト級巡洋戦艦が各二隻だ。

ところが、索敵機は「戦艦五隻」と報告している。

未知の戦艦が、一隻含まれていることになる。

「その一隻というのは、ポケット戦艦ではないのか？」

首席参謀の高田利種《たかだとしたね》大佐が発言した。

ポケット戦艦とは、ドイツが昭和八年から一三年にかけて三隻を建造した装甲艦だ。

基準排水量は一万二〇〇〇トン前後と重巡並だが、重巡の二〇・三センチ砲弾に耐え得る防御装甲と最大二八ノットの速度性能、及び二八センチ三連装砲塔二基の火力を持っている。

シャルンホルスト級に準じる性能だ。

ドイツ海軍は開戦後、この艦を専ら通商破壊戦に投入したが、イギリスの降伏後は他の戦艦同様、温存策を採った。

それらの一隻を投入して来たのではないかと、高田は考えたようだ。

「ポケット戦艦が戦列に加わっているのであれば、索敵機の報告にあった重巡六隻に含まれるはずです。主砲火力はともかく、全長、全幅は重巡とさほど変わりませんから」

「観測機が、既に上がっている。未知の戦艦の正体は、間もなく分かるだろう」

小林の言葉を待っていたかのように、通信室から報告が上げられた。

通信参謀中島親孝《なかじまちかたか》中佐が報告電を読み上げるなり、艦橋の中の空気は、しばし凍り付いたように感じられた。

「『武蔵』一号機より受信。『敵ノ陣形ハ複縦陣《フクジュウジン》。並ビハ駆、巡、戦、巡戦。戦艦ハ五隻。二、三番艦ハ〈ビスマルク級〉、四、五番艦ハ〈シャルンホルスト級〉ト認ム。一番艦ハ識別表ニナシ。全長、全幅トモ〈ビスマルク級〉ヨリ大』」

英国本国艦隊旗艦「キング・ジョージ五世」は、遣欧艦隊旗艦「武蔵」よりも一足早く、ドイツ艦隊の主力艦を視界内に捉えていた。

「『ビスマルク』よりもでかいな」

日本海軍の連絡将校加倉井憲吉《かくらいけんきち》中佐は、ドイツ艦隊に双眼鏡を向けて呟いた。

敵艦の左前方から見る形になっているため、全長は不明だが、一番艦の横幅はビスマルク級を明らかに上回っている。

(『大和』よりもでかいんじゃないか)

そんな想念が浮かぶ。

自分の推測通りなら、主砲火力も、防御装甲も、大和型を上回る可能性がある。

ドイツ海軍は、艦隊を温存すると共に、大和型よりも強力な戦艦を建造していたのか。

「H級《クラス》かもしれぬ」

参謀長フレデリック・サリンジャー少将が言い、作戦参謀ヘンリー・ハミルトン中佐が後を受けた。

「我が本土が陥落する前、海軍情報部が、ドイツ海軍の建艦計画について情報を入手した。その中にあった新鋭戦艦だ。完成は早くて一九四五年末になると――」

ハミルトンの言葉は、見張員の叫び声によって遮られた。

「敵一番艦発砲！」

との声が、艦橋に飛び込んだのだ。

加倉井は、敵艦隊に双眼鏡を向け直した。

サリンジャーが「H級」と推測した敵戦艦の艦上に、褐色《かっしょく》の砲煙が湧き出している。

艦の航進に伴って、煙は後方に流れ、敵戦艦の艦橋や主砲塔が露わになる。

「長官、こちらも砲撃を！」

「まだだ。距離が遠すぎる」

「キング・ジョージ五世」艦長ウィルフレッド・R・パターソン大佐の具申を、司令長官ジェームズ・ソマーヴィル大将は即座に却下《きゃっか》した。

（H級は、どの艦を狙ったのか）

加倉井は疑問を抱いた。

敵戦艦からは、英艦隊と日本艦隊の両方が視界に入っているはずだが、英艦隊の方が先行しており、距離が近い。

照準を付けやすい艦を狙うのであれば、目標は英艦隊、それも旗艦の「キング・ジョージ五世」になるはずだが、敵にとって最大の脅威となるのは「大和」「武蔵」だ。

「最も脅威になる敵を最初に叩く」という集団戦のセオリーに従うのであれば、敵の目標は「武蔵」か「大和」になる。

ほどなく、周囲の大気が鳴動し始めた。

（目標は本艦か！）

加倉井が悟ったとき、

「総員、衝撃に備えよ！」

パターソン艦長が、艦内放送のマイクに向かって叫んだ。

敵弾の飛翔音が、急速に拡大する。

三ヶ月前のエジンバラ沖海戦で、加倉井はキング・ジョージ五世級戦艦同士の砲撃戦を経験したが、同級の三五・六センチ砲弾が立てる飛翔音よりも格段に大きい。

その音が極大《きょくだい》に達した、と感じた直後、唐突に消えた。

「キング・ジョージ五世」の左舷前方で、海面が大きく盛り上がり、凄まじい勢いで突き上がった。

距離は五〇メートル以上離れているが、水柱の太さ、高さははっきり分かる。

摩天楼《まてんろう》どころか、ちょっとした山を思わせるほどのヴォリュームを持っている。

水柱の奔騰よりやや遅れて、爆圧が伝わって来る。

三万八〇三一トンの基準排水量を持つ「キング・ジョージ五世」の艦体が、持ち上げられたかと思うほどだ。

「『大和』より上だ。間違いない」

そのことを、加倉井ははっきり悟った。

敵戦艦の主砲弾は、明らかに大和型戦艦の四六センチ砲弾を上回る破壊力を持っている。主砲口径は五〇センチか。あるいは、それを超えるのか。

ドイツ大海艦隊は切り札を出した。

大和型を上回る、世界最大にして最強の戦艦が、戦場に姿を現したのだ。

すぐにでも第二射が来るか、と思ったが、敵戦艦は沈黙している。

この距離では当たらないと考えたのか、あるいは英本国艦隊よりも、遣欧艦隊を攻撃すべきと判断したのか。

「敵距離三万三〇〇〇」

艦橋トップの射撃指揮所が報告を送って来る。

英本国艦隊の主力艦四隻――キング・ジョージ五

世級戦艦二隻も、リナウン級巡洋戦艦二隻も、主砲に発射炎を閃かせることなく、前進を続けていた。

2

「『ユグドラシル』より全艦。『オーディン』目標『ヨルムンガンド』。『トール』『フレイ』『バルドル』『ヘイムダル』目標『フェンリル』。『トール』以下の四隻は『アスガルド』が指揮を執れ」

ドイツ大海艦隊司令長官ギュンター・リュッチェンス大将は、旗艦「ホルスト・ヴェッセル」の艦橋から、落ち着いた声で命令を下した。

各隊の呼び出し符丁は北欧神話の神々から、敵に対する呼称は北欧神話に登場する怪物から、それぞれ採っている。

「オーディン」は旗艦「ホルスト・ヴェッセル」、「トール」以下の四隻は、ビスマルク級戦艦とシャルンホルスト級巡洋戦艦だ。

日本艦隊の呼称「ヨルムンガンド」は、世界全体を一巻《ひとま》きにするほどの大蛇《だいじゃ》。イギリス艦隊の呼称「フェンリル」は、巨大な狼《おおかみ》の名だ。

日本艦隊との戦闘はリュッチェンス自身が指揮し、イギリス艦隊との戦闘は次席指揮官オスカー・クメッツ大将が指揮を執る。

「艦長より砲術。イギリス艦隊への砲撃は一度だけでいい。本艦の敵は『ヤマト』と『ムサシ』だ。自分たちの戦艦が世界最強だなどと思い上がっている日本人どもに思い知らせてやれ」

「ホルスト・ヴェッセル」艦長フリッツ・ヒンツェ大佐の命令に、砲術長ハインリヒ・デアリング中佐が「ヤー！」と、意気込んだ声で返答した。

「ホルスト・ヴェッセル」は、全長三〇五・二メートル、最大幅四二・八メートル、基準排水量八万五〇〇〇トン。

主砲は五〇・八センチ連装砲四基八門を装備する。防御力も自艦の主砲に対応しており、主要防御区画は、決戦距離から撃ち込まれた五〇・八センチ砲弾の貫通を許さない。

日本海軍のヤマト型戦艦を凌駕《りょうが》する、史上最大最強の戦艦だ。

艦名の「ホルスト・ヴェッセル」は、一九三〇年二月、ドイツ共産党の戦闘部隊隊員に撃たれ、二二歳の若さで死亡したナチスの突撃隊員の名だ。

ナチスでは殉教者《じゅんきょうしゃ》として英雄視され、その手になる詩は、党歌の歌詞として採用されている。

当初、艦名には「フリードリヒ大王《デア・グロッセ》」が予定されていたが、ナチス・ドイツ総統アドルフ・ヒトラーは、過ぎ去った時代の君主よりも、党に殉じた若い英雄の名を選んだのだ。

「長官、砲戦距離を御指示願います」

「砲戦距離は二万八〇〇〇。距離二万九〇〇〇にて〇度に変針。直進に戻ると同時に、砲撃を開始する」

ヒンツェ艦長の要請に、リュッチェンスは考えていた答を返した。

「二万八〇〇〇では、充分な命中精度は確保できないと考えますが」

参謀長ヨハン・レッシング少将の意見具申に対し、リュッチェンスは応えた。

「距離を詰めすぎると、本艦の装甲であっても貫通を許す危険がある。勝利のためには、ヤマト型の主砲弾が本艦の装甲を貫通できない距離を保つ必要がある。『アスガルド』にも『砲戦距離二万八〇〇〇。敵距離二万九〇〇〇にて〇度に変針』と通達せよ」

(『ヤマト』『ムサシ』さえ斃《たお》してしまえば、我が方が勝つ)

リュッチェンスは、そのように考えている。

五〇・八センチ砲弾に対する防御力を持つ「ホルスト・ヴェッセル」にとっても、「ヤマト」「ムサシ」の四六センチ主砲は、侮れる存在ではない。

距離を詰められれば、装甲を貫通される恐れがあるし、艦首、艦尾の非装甲部や上部構造物に被害が生じる危険もある。

ドイツ海軍 戦艦「ホルスト・ヴェッセル」

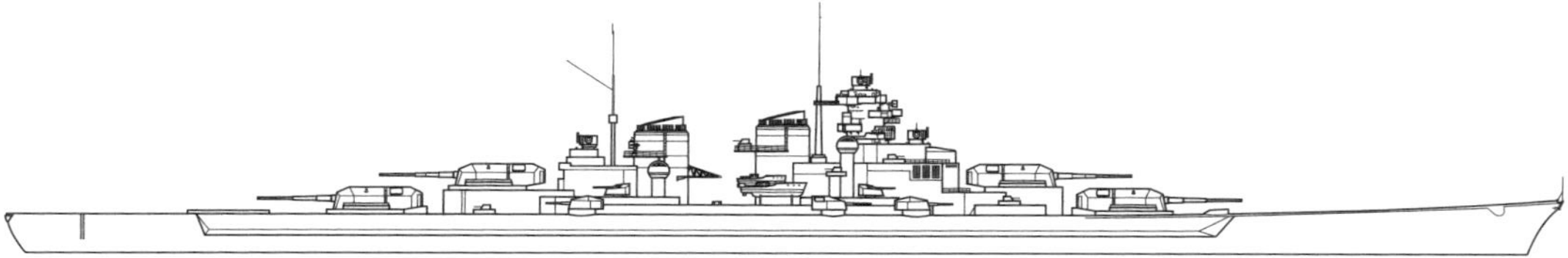

全長	305.2m
最大幅	42.8m
基準排水量	85,000トン
主機	ギヤードタービン 4基／4軸
出力	275,000馬力
速力	32.2ノット
兵装	50.8cm 52口径 連装砲 4基 8門
	15cm 55口径 連装砲 4基 8門
	10.5cm 65口径 連装高角砲 8基 16門
	37mm 連装機銃 12基
	20mm 4連装機銃 16基
航空兵装	水上機 6機／射出機 1基
乗員数	3,300名
同型艦	なし

ドイツ海軍が建造した超大型戦艦。1938年、日本が極秘裏に開発を進めていた大和型戦艦の情報を得たドイツ海軍は、これを上回る戦艦の建造を決定。1941年1月起工、1943年8月進水、1944年3月に竣工と伝えられるが、詳細は不明である。

基本的にビスマルク級の発展拡大版と言えるが、機関については3基3軸から4基4軸推進に増強され、煙突も2本になっている。

特筆すべきは主砲口径で、大和型を上回る20インチ（50.8センチ）連装砲を4基8門搭載している。この砲の有効射程は4万メートルに達するとも言われ、敵戦艦の射程外から一方的に砲撃を加えることが可能である。その他の副砲、高角砲についてはビスマルク級と同等だが、対空装備としての機銃はより充実している。

劣勢が伝えられるドイツ海軍の形勢挽回の切り札として大きな期待を寄せられている。

まずは、最大の脅威となる二隻を撃沈か戦闘不能に追い込むことだ。

「ヤマト」「ムサシ」さえ沈めてしまえば、他の戦艦は相手にならない。

キング・ジョージ五世級の三五・六センチ主砲も、リナウン級の三八センチ主砲も、「ホルスト・ヴェッセル」の装甲鈑《そうこうばん》にとっては、ボールをぶつけられるのと変わらない。

この海戦に勝利を収め、北海の制海権を取り戻すことができれば、イギリスを守っている陸軍部隊は大いに勇気づけられるだろうし、海上輸送による補給の再開も可能になるはずだ、とリュッチェンスは見通しを立てていた。

ドイツ大海艦隊は一六ノットの艦隊速力を保ち、日本艦隊、イギリス艦隊との距離を詰めてゆく。

「敵距離三万一〇〇〇……三万……」

デアリング砲術長が、報告を送って来る。

リュッチェンスは、敵艦隊に双眼鏡を向けた。

大海艦隊の右前方に日本艦隊、左前方にイギリス艦隊が位置している。

国籍の異なる二つの艦隊が、大海艦隊を挟撃《きょうげき》しようとしているかのようだ。

「あれがヤマト型か」

日本艦隊の後方に位置する戦艦二隻を見て、リュッチェンスは呟いた。

リュッチェンスは昨年一〇月のシチリア沖海戦（連合軍と公称同じ）で、ヤマト型と交戦した経験を持っている。このときは夜戦だったため、敵の姿をはっきり見る機会はなかった。

今回は昼戦《ちゅうせん》であるため、二隻のヤマト型は、その姿を陽光の下に浮かび上がらせている。

「ホルスト・ヴェッセル」やビスマルク級に比べ、上部構造物のヴォリュームが小さいようだ。

幅の広い艦体の中央に、丈高《たけたか》い艦橋がそびえ立ち、その周囲では、対空火器と思われる多数の砲身が屹立している。

艦橋は全般に凹凸《おうとつ》が少なく、すっきりした形状だ。いかにも、軍縮条約明け後に建造された新世代の戦艦という印象だった。

「敵ながら、なかなかの機能美がある。日本人の美的感覚は、認めざるを得ない」

リュッチェンスは、傍らに控えるレッシング参謀長に感想を漏らした。

レッシングは、訝《いぶか》しげな表情を浮かべた。長官が敵を褒《ほ》めるとは珍しい、と言いたげだった。

「その機能美も、この海戦が終わったときには、海上から消えている。本艦の主砲弾が直撃すれば、ただの鉄屑《てつくず》と化すだろう」

宣言するような口調で、リュッチェンスは言った。

（魔王《エルケーニッヒ》の声を聞くのは貴様らだ）

シチリア沖海戦で受けた屈辱《くつじょく》を思い出し、リュッチェンスは日本艦隊に呼びかけた。

同海戦で、リュッチェンスの旗艦「ビスマルク」は、退却中のところに「ヤマト」「ムサシ」の主砲弾を何発も撃ち込まれ、際どいところまで追い込まれた。

夜間の砲戦で一万三〇〇〇メートル以上の距離を隔《へだ》てていたこと、「ビスマルク」がヤマト型より優速だったことから、危うく難《なん》を逃れたが、四六センチ砲弾落下の衝撃は身体が覚えている。

巨弾の飛翔音は、フランツ・シューベルトの歌劇「魔王《エルケーニッヒ》」の中で、魔王が幼子《おさなご》に呼びかける声に聞こえたものだ。

今度は、立場が異なる。

世界最強の破壊力を持つ巨弾を叩き込むのは、ドイツ側なのだ。

ドイツの偉大な造船技術が生み出した鋼鉄の魔王が、哀《あわ》れな幼子と同じように、貴様たちを死の国に連れ去ってやる。

「距離二万九〇〇〇！」

「長官、予定の変針地点です！」

デアリングの報告とレッシングの言葉が、リュッチェンスを目の前の戦いに引き戻した。

「艦隊針路○度！」

「面舵一杯。針路○度！」

リュッチェンスが大声で下令し、ヒンツェ艦長が航海長ゲオルグ・ヒンメラー中佐に命じた。

「面舵一杯。針路○度」

ヒンメラーが操舵室に命じるが、舵はすぐには利かない。

基準排水量は八万五〇〇〇トン、満載状態では九万トンを超える巨艦だ。舵輪《だりん》を回してから回頭が始まるまでには、どうしても時間がかかる。

「敵艦発砲！」

デアリングが報告した。

「戦艦か？」

「いえ、巡洋艦です。我が方の駆逐艦か巡洋艦を狙ったようです」

ヒンツェの問いに、デアリングは即答した。

「巡洋艦、駆逐艦を援護しますか？」

「本艦は、『ヤマト』『ムサシ』との砲戦に集中する」

デアリングの問いに、ヒンツェは即答した。

（それでいい）

リュッチェンスは無言で頷いた。

「ホルスト・ヴェッセル」の主砲は、巡洋艦のような弱敵《じゃくてき》を叩くためのものではない。目標は、あくまで「ヤマト」「ムサシ」だ。

ほどなく、「ホルスト・ヴェッセル」の艦首が大きく右に振られた。

これまで右前方と左前方に見えていた敵艦隊が、左に大きく流れた。

前甲板では、A砲塔、B砲塔が左に旋回し、太く長い砲身が俯仰《ふぎょう》している。

艦が直進に戻ると同時に、主砲も動きを止めた。

日本艦隊も、イギリス艦隊も、まだ直進を続けている。

大海艦隊は、敵にT字を描いたのだ。

「『ユグドラシル』より全艦。砲撃開始！」

「目標、敵戦艦一番艦。砲撃開始！」

リュッチェンスが下令し、ヒンツェがデアリングに射撃目標を指示した。

A、B砲塔の一番砲が発射炎をほとばしらせ、北欧神話の主神《オーディン》の雄叫《おたけ》びを思わせる、巨大な砲声が艦橋を包んだ。

基準排水量八万五〇〇〇トンの艦体が、五〇・八センチ砲発射の反動を受け、僅かに右へと傾いた。

3

「敵艦発砲。一番艦！」

の報告が届いたとき、芦田優作戦参謀は、「敵の目標は本艦だ」と直感した。

遣欧艦隊はドイツ艦隊に丁字《ていじ》を描かれており、旗艦「武蔵」は戦艦四隻の先頭に位置している。

敵戦艦にとっては、最も照準を付けやすい目標だ。

ドイツ艦隊にとっては、「大和」と共に、最大の脅威となる艦でもある。

「武蔵」が狙われるのは、理《り》の当然であったろう。

「長官、砲撃命令を！」

「まだだ」

高田利種首席参謀の具申に、小林宗之助司令長官はかぶりを振った。

これより少し前、小林は「全軍突撃せよ。最大戦速」を下令しており、遣欧艦隊は最大戦速の二七ノットで、ドイツ艦隊との距離を詰めにかかっている。

第四、第五戦隊は既に砲門を開き、回頭中の敵駆逐艦に二〇・三センチ砲弾を浴びせている。

だが、戦艦四隻は沈黙したままだ。

「砲戦距離は二〇〇《フタマルマル》（二万メートル）。充分距離を詰めた上で、砲戦を開始する」

小林は、断固たる口調で命じた。

（敵一番艦の防御力が、非常に高いと推測されたか）

芦田は、小林の意図を汲《く》み取っている。

先に英艦隊が砲撃を受けた直後、遣欧艦隊司令部に宛《あ》て、

「敵一番艦ノ主砲口径ハ五〇センチ以上ト推定ス」

との報告電が届いている。

戦艦の防御力要件が「自艦の主砲で決戦距離から撃たれても、主要防御区画を貫通されないこと」であることを考えれば、敵戦艦の装甲鈑は、四六センチ砲弾を弾き飛ばす可能性が高い。

大和型の主砲で敵戦艦を仕留めるには、距離を詰め、主砲弾の装甲貫徹力を高める必要があると、小林長官は判断したのだ。

敵弾の飛翔音が聞こえ始めた。

地中海で戦ったリットリオ級やビスマルク級、三ヶ月前に砲火を交えたネルソン級の主砲弾よりも大きく、凄みがある。天そのものが落ちかかって来るような轟音だ。

その音が消えるや、「武蔵」の左舷側海面が大きく持ち上がった。海面が、一瞬にして海水で造られた山に変貌《へんぼう》したように見えた。

空中高く噴き上げられた海水が、滝と化して海面に落下し、激しい飛沫を上げる。

直撃弾はない。至近弾になった砲弾もない。

それでも、六万四〇〇〇トンの基準排水量を持つ「武蔵」の艦体が、僅かに持ち上げられたように感じられた。

（英軍の情報通りだ。五〇センチか、それ以上か、とにかく大和型の主砲弾より明らかに上だ）

水柱のヴォリュームと伝わって来た爆圧から、芦田は直感した。

「英艦隊に通信。『〈武蔵〉〈大和〉目標、敵戦艦一番艦』」

小林が新たな命令を発した。

ドイツ軍が投入した新戦艦は大和型二隻で引き受ける、と友軍に伝えたのだ。

若干の間を置いて、

「通信了解。当隊目標、敵戦艦二、三番艦。並ビニ

敵巡戦一、二番艦」

　との返信が返される。

　日英両艦隊、特に戦艦、巡戦の役割分担がこれで決まった。

「砲術、敵との距離は⁉」

「二七〇《フタナナマル》（二万七〇〇〇メートル）！」

「武蔵」の通信室が、「キング・ジョージ五世」とやり取りをしている間に、朝倉は越野公威砲術長に聞いている。

　小林が命じた変針地点までは七〇〇〇メートルだ。

「長官、砲撃を開始してはいかがでしょうか？」

「砲戦距離は二〇〇《フタマルマル》だ。今撃っても、砲弾を無駄にする可能性大だ」

　芦田の具申を、高田首席参謀が撥ね付けた。

「水中弾効果を期待できます」

　芦田は、なおも食い下がった。

　帝国海軍が実用化した九一式徹甲弾は、目標の手前に落下すると弾頭部の被帽《ひぼう》が外れ、本体は海中を突き進んで、目標の水線下に命中する。

　外れ弾が、魚雷と同様の効果を発揮するのだ。

　大和型より防御力の高い戦艦であっても、九一式徹甲弾であれば、損害を与えられる可能性がある。

「やってみよう。一方的に撃たれるだけというのも不本意だ」

　小林が賛同し、重々しい声で命じた。

「目標、敵一番艦。一、三戦隊砲撃始め！」

「艦長より砲術。目標、敵一番艦。第一、第二砲塔、砲撃始め！」

　朝倉が射撃指揮所に命じ、「武蔵」の通信室からは、後続する三隻に命令電が飛ぶ。

　小林が命じている間に、敵一番艦の第二射弾が飛来する。

　今度は全弾が「武蔵」の頭上を飛び越し、後方から弾着の水音が届く。

　敵弾は、「武蔵」と「大和」の間に落下したのだ。

　あたかも、二隻の姉妹艦を切り離そうとしているようだった。

「目標、敵一番艦。第一、第二砲塔、砲撃始めます」

越野が報告し、主砲発射を告げるブザーが鳴り響いた。

第一、第二砲塔の一番砲二門が前方に向けて火焔を噴出し、急制動をかけるような衝撃が襲う。

二門だけの砲撃だが、反動はかなりのものだ。雷鳴を間近に聞くような砲声が艦橋を満たし、下腹を突き上げるような一撃が襲って来る。

砲撃の余韻が収まったとき、轟音が後ろから前へ、「武蔵」の頭上を通過する。

「後部見張りより艦橋。『大和』『金剛』『榛名』撃ち方始めました。『金剛』『榛名』は斉射」

との報告が上げられる。

後続する「大和」以下の三隻も、小林の命令に従い、敵一番艦への砲撃に踏み切ったのだ。

三戦隊の「金剛」「榛名」が最初からの斉射を用いた意図は不明だ。三戦隊司令部からも、報告は来なかった。

「英艦隊も撃ち方始めました」

今度は、艦橋見張員が新たな報告を上げる。

右舷側海面に目をやると、英本国艦隊の戦艦二隻、巡戦二隻が、前部の主砲を放っている様が見える。

先の通信にあった通り、ビスマルク級、シャルンホルスト級各二隻を目標に、砲撃を開始したのだ。

新たな敵弾の飛翔音が迫った。

今度は全弾が「武蔵」の右舷側海面に落下し、奔騰する水柱が、しばし日英両艦隊の間を遮った。

弾着位置は、先の二度の砲撃より近い。

右舷艦底部を突き上げた爆圧に、「武蔵」の巨体が左舷側へと傾く。

「用意、だんちゃーく!」

艦長付の森脇定一《もりわきさだむ》等水兵が、ストップウォッチを見ながら報告した。

敵一番艦の手前――艦の左舷側海面に、青い染料で着色された水柱二本が奔騰し、しばし中央の構造物を隠した。

　直後、今度は真紅《しんく》の水柱が、敵一番艦の後方に噴き上がる。「大和」の射弾だ。

　敵一番艦の艦上に第四射の発射炎が閃き、褐色の砲煙が後方に流れた。

　直後、「金剛」「榛名」の三五・六センチ砲弾が続けて落下した。

　両艦とも砲身の仰角《ぎょうかく》を上げ過ぎたのか、全弾が目標の頭上を飛び越え、右舷側海面に落下している。

「武蔵」は第二射を放った。再び前方に火焔がほとばしり、発射の衝撃が艦首から艦尾までを貫いた。

　後方からも砲声が轟き、「大和」の四六センチ砲弾二発、「金剛」「榛名」の三五・六センチ砲弾八発が「武蔵」の頭上を通過する。

　敵一番艦の第四射弾が、先に落下した。

「武蔵」の真正面に、真っ赤な閃光が走ったかと思うと、次の瞬間、巨大な火柱に変わった。

「『妙高《みょうこう》』が……！」

　幕僚たちの間から、悲鳴のような声が上がった。

「武蔵」を狙った敵弾は、狙いが大きく外れ、前方に落下したが、そのうちの一弾が第五戦隊の最後尾にいた「妙高」を捉えたのだ。

　海上に湧き出した巨大な火焔は、みるみる小さくなる。周囲に白い水蒸気が湧き出し、炎を隠す。

「妙高」の沈没によって、火災炎は艦もろとも海面下に呑み込まれ、消し止められたのだ。

「何という……」

　青木参謀長が茫然とした声で呟いた。

「妙高」は、決して小さな艦ではない。全長二〇三・八メートル、全幅二〇・七メートル、基準排水量一万三〇〇〇トンに達する重巡だ。

　その艦が、僅か数秒で姿を消してしまったのだ。

　大和型戦艦の主砲弾よりも大きな砲弾が、重巡を直撃すればどのようなことになるかを、「妙高」の惨事《さんじ》が物語っていた。

「妙高」が姿を消したときには、「武蔵」以下四隻の射弾も敵一番艦を捉えている。

「武蔵」の青い水柱が奔騰し、崩れた後に、「大和」の赤い水柱が突き上がる。そこに「金剛」「榛名」の射弾が落下し、緑や紫の水柱がそそり立つ。

「観測機より受信。『〈武蔵〉〈大和〉トモ命中弾一』」

水柱が崩れるより早く、通信室から報告が上げられた。

「よし！」

小林が右の拳《こぶし》を打ち振り、朝倉と頷き合った。

敵一番艦は大和型より大きいが、射撃の腕は「武蔵」「大和」の乗員が上回る。

そのことが、たった今の砲撃からはっきりした。

水柱が崩れると同時に、敵一番艦の艦上に発射炎が閃いた。

戦闘力が低下したようには見えない。

「武蔵」「大和」の四六センチ砲弾は、主要防御区画の装甲鈑に撥ね返されたのかもしれない。

「次より斉射！」

越野が報告を上げ、「武蔵」が第三射を放った。

前方に向けて火焔が奔騰し、これまでよりも遥かに強烈な砲声が轟いた。

発射の反動は、「武蔵」の巨大な艦体を、沈み込ませんとするようだ。

四六センチ主砲六門の発射には、そう感じさせるほどの衝撃があった。

「『大和』斉射に移行！」

後部指揮所より報告が届く。

二隻の大和型戦艦は、合計一二発の四六センチ砲弾を放ったのだ。

斉射の余韻が消えたとき、敵弾の飛翔音が聞こえ始めた。途方《とほう》もなく大きく、重いものが、全てを押し潰さんとしているように感じられた。

芦田が両目を大きく見開いたとき、「武蔵」の左舷付近に敵弾が落下した。

爆圧が左舷艦底部を突き上げ、艦が右舷側に大きく傾いた。右舷側の海面が艦橋に近づき、艦が今にも横転するのでは、と思わせた。

艦が揺り戻され、左舷側に傾く。しばし、「武蔵」の巨体が振り子のように揺れ動く。

「武蔵」「大和」の参陣以来、大和型戦艦の巨体を、ここまで動揺させた敵艦はない。

敵一番艦が帝国海軍の戦艦部隊にとり、開戦以来最大の強敵であることは疑いなかった。

「機関長より艦長。一番缶室に軽微な浸水！」

機関長坂合《さかごう》武《たけし》中佐の報告に、朝倉が「了解」と返答する。

この間に、日本戦艦四隻の射弾は敵一番艦を捉えている。

青、赤、緑、紫の水柱が、次々と奔騰しては崩れ、敵一番艦の姿を隠す。

「観測機より受信。『〈武蔵〉〈大和〉トモ命中弾二。〈金剛〉〈榛名〉トモ命中弾二』」

通信室から届いた報告を聞き、小林が「うむ！」と満足げな声を上げる。

敵一番艦には、これで四六センチ砲弾六発、三五・六センチ砲弾四発が命中したことになる。

いかに強固な防御力を持つ戦艦であろうと、無事では済まないはずだ。

水柱が崩れ、敵一番艦の姿が露わになる。艦の中央部から黒煙が噴出し、後方になびいている。

敵の艦上に新たな発射炎が閃き、火災煙が大きく乱れた。

「駄目か！」

朝倉が叫び声を上げた。

これまで「武蔵」「大和」が砲火を交えてきた戦艦や、かつては仮想敵と目していた米国の戦艦であれば、四六センチ砲弾六発の命中は致命傷になる。沈まぬまでも、戦闘不能となる打撃だ。

だが、敵一番艦の戦闘力は全く衰えていない。

防御装甲は、四六センチ砲弾の直撃に耐え、貫通を許さない。

「武蔵」の主砲が、通算四度目の咆哮を上げ、「大和」

以下の三隻も射弾を放った。

「武蔵」の頭上を飛翔音が通過した直後、入れ替わるようにして、敵弾の飛翔音が聞こえ始めた。

最大戦速で敵との距離を詰めているため、次第に発砲から弾着までの時間が短くなっている。

「武蔵」の周囲の大気が鳴動し、轟音が急速に拡大する。

弾着の瞬間、芦田は世界全体が真紅に染まったように感じた。

遣欧艦隊の司令部幕僚と「武蔵」の全乗員が初めて経験する、強烈な衝撃が襲いかかり、艦橋内の全員が大きくよろめいた。

前甲板に火焔が湧き出し、太く長いものが一本、空中に撥ね上げられ、右舷側海面に水音を立てて落下した。

「武蔵」の左舷側海面に二本、右舷側海面に一本、それぞれ水柱が奔騰している。

敵一番艦の第六射弾四発のうち、一発が「武蔵」を直撃したのだ。

芦田は前甲板を見下ろし、息を呑んだ。

第一砲塔が、前から押し潰されたような格好でひしゃげ、天蓋が大きく引き裂かれている。

三門の四六センチ主砲のうち、一番砲が付け根からもぎ取られて姿を消し、二、三番砲は力を失ったように垂《た》れ下がっている。

主砲塔の正面防楯《ぼうじゅん》は、主要防御区画と共に、最も厚い装甲鈑が張られており、四六センチ砲弾の直撃に耐え得る防御力を持っている。

敵戦艦の主砲弾は、その正面防楯を貫通し、第一砲塔を破壊したのだ。

「砲術より艦橋。第一砲塔火薬庫、注水開始しました。第二砲塔で、砲撃を続けます」

「了解！」

越野の報告に、朝倉が喘ぐような声で返答した。

数秒後、森脇一水が「だんちゃーく！」の声を上げた。

芦田は敵一番艦を凝視した。

距離二万七〇〇〇での砲撃開始を具申したが、今のところ、九一式徹甲弾の水中弾効果は確認されていない。

そろそろ水線下への命中弾が出てもいい頃だ。

敵一番艦の周囲に、青や赤で着色された水柱が奔騰し、しばしその巨体を隠した。

弾着の狂騒が終わったとき、敵一番艦の頭上四箇所で爆発が起きた。無数の火の粉が傘形に飛び散り、敵艦の頭上から降り注いだ。

若干の時間差を置いて、二度目の爆発が起こる。一発は後甲板の至近で炸裂したように見える。

「三式弾か！」

小林が叫び声を上げた。

たった今、爆発した砲弾は、「金剛」「榛名」の三五・六センチ砲弾だ。両艦は徹甲弾ではなく、対空・対地射撃用の三式弾を放ったのだ。

第三戦隊司令官の鈴木《すずき》義尾《よしお》中将は、金剛型戦艦の三五・六センチ砲弾では敵戦艦の装甲鈑を破れぬと判断し、三式弾に内蔵された無数の焼夷榴散弾《しょういりゅうさんだん》と弾片で、電探、測距儀《そっきょぎ》、通信用アンテナといった防御力の弱い部位を破壊しようと考えたのだろう。

両艦が交互撃ち方ではなく、最初からの斉射を用いた理由が、これではっきりした。

三式弾を装填するには、主砲塔と揚弾筒《ようだんとう》内の砲弾を全て発射する必要がある。「金剛」「榛名」は最初からの斉射によって、三式弾の装填を急いだのだ。

「どうだ？」

芦田は、息を詰めて敵一番艦を見つめた。

鈴木司令官の策は図に当たっただろうか、と内心で呟いた。

敵一番艦の艦上に、通算七度目の発射炎が閃いた。被弾によって、戦闘力を奪われたようには見えなかった。

4

英本国艦隊は、遣欧艦隊よりも一足早く〇度に変針し、ドイツ艦隊との同航戦に入っていた。

砲戦距離は二万四〇〇〇メートル。

ドイツ戦艦「ビスマルク」が英巡戦「フッド」を沈めたときの砲戦距離よりも、やや遠い。

だが、この日の雲量は一であり、空は快晴に近い。視界が充分開けている以上、早い段階で直撃弾を得られるはずだというのが、ジェームズ・ソマーヴィル司令長官の判断だった。

「キング・ジョージ五世」「デューク・オブ・ヨーク」は、各砲塔の奇数番砲、偶数番砲を、敵の二、三番艦――ビスマルク級戦艦二隻に向けて発射する。

このクラスは、四連装砲塔二基、連装砲塔一基という配置を取っているため、一度に発射する射弾は五発ずつだ。

後方に位置する「リナウン」「リパルス」は、三八センチ連装砲塔三基を右舷側に向け、敵四、五番艦、すなわちシャルンホルスト級巡洋戦艦に、三発ずつの三八・一センチ砲弾を叩き込む。

ドイツ側も、英本国艦隊の挑戦を受けて立つ。

二隻のビスマルク級は四基の三八センチ連装砲塔を左舷側に向け、四発ずつの三八センチ砲弾を放ち、シャルンホルスト級二隻は、三発ずつの二八センチ砲弾を英巡戦二隻に発射する。

英独合計八隻の巨艦の周囲には、三八センチ砲弾、三五・六センチ砲弾、二八センチ砲弾の弾着に伴う水柱が絶え間なく奔騰し、各艦の視界を遮る。

至近弾の爆圧は艦底部を突き上げ、各艦の艦橋や主砲塔、甲板上には、大量の海水が驟雨《しゅうう》となって降り注ぐ。

戦艦、巡戦同士の砲戦と並行し、軽巡、駆逐艦も距離を詰め、射弾を叩き込み合っている。

ドイツ側の駆逐艦には、早くも被弾した艦があり、隊列から落伍しつつあった。

旗艦「キング・ジョージ五世」の艦橋には、後続する三隻の巨艦や巡洋艦戦隊、水雷戦隊から、次々と状況報告が入る。

作戦参謀のヘンリー・ハミルトン中佐が、新情報を情報ボードに反映させ、ソマーヴィル司令長官が各隊に指示を送る。

日本海軍の連絡将校加倉井憲吉中佐は、英軍と共に、自軍である遣欧艦隊の状況把握に努めていた。

現在のところ、英本国艦隊も、遣欧艦隊も、目の前の敵と戦うだけで精一杯だ。

「キング・ジョージ五世」以下の四隻は、ドイツ海軍のビスマルク級、シャルンホルスト級との砲戦に忙殺され、「武蔵」以下の日本戦艦は、ドイツが繰り出した未知の新鋭戦艦と戦っている。

英艦隊と日本艦隊、どちらかが勝利を収めれば、同盟軍への支援に回れるが、今のところ、どちらにもその余裕はないようだった。

「三年前の決着戦だな」

英軍の戦況を見て、加倉井は日本語で呟いた。

三年前、英巡洋戦艦「フッド」がドイツ戦艦「ビスマルク」に撃沈された後、復讐に燃える英本国艦隊は、戦艦「キング・ジョージ五世」「ロドネイ」、空母「ヴィクトリアス」など、投入可能な全艦艇を繰り出し、「ビスマルク」を追った。

だが「ビスマルク」は、英艦隊の追跡を振り切り、ヴィルヘルムスハーフェンに逃げ込んだ。

以後は英本国がドイツの占領下に置かれたこと、英本国艦隊の主立《おもだ》った艦艇は日本に亡命したことから、英海軍と「ビスマルク」が交戦する機会は巡って来なかったのだ。

キング・ジョージ五世級戦艦とビスマルク級戦艦は、共に一九四一年時点における英独の最新鋭戦艦であり、欧州最強の戦艦の座を争う立場にあった。

大和型を上回る新型戦艦が戦場に出現した今、キング・ジョージ五世級もビスマルク級も、欧州最強とは言えなくなったが、両者がしのぎを削《けず》るライバルの関係にあったことは間違いない。

その対決が、三年余りの時を経て実現したのだ。

戦艦、巡戦同士の撃ち合いは、すぐには命中弾が出ない。双方共に、巨弾を海中に叩き込み合っているだけだ。

だが、敵弾が噴き上げる水柱は、次第に「キング・ジョージ五世」に近づき、至近弾落下に伴う爆圧も大きくなっている。

間もなく、直撃弾を受けるのではないか――そう思うと気が気ではない。

死ぬなら帝国海軍の軍艦の上で、と願う気持ちはあるが、連絡将校として英本国艦隊司令部での勤務を命じられた時点で、危険は覚悟していた。

砲撃に踏み切ってから八度の空振りを繰り返し、九回目の射弾が落下したとき、

「敵二番艦に直撃！　次より斉射！」

砲術長サミュエル・J・ブラッドフォード中佐が、歓喜の混じった声で報告した。

加倉井は、敵二番艦に双眼鏡を向けた。

艦の中央付近から黒煙が噴出し、後方になびいている。三五・六センチ砲弾は、敵二番艦の中央に命中し、上部構造物を損傷させたようだ。

「観測機より受信。敵三番艦に直撃弾二！」

新たな報告が通信室より上げられる。

加倉井は、敵三番艦にも双眼鏡を向ける。

こちらは、艦の後部から黒煙を噴き出している。

「デューク・オブ・ヨーク」が直撃弾を得たのだ。

ほどなく装塡が完了したのだろう、「キング・ジョージ五世」の右舷側に向け、巨大な火焰がほとばしった。

雷鳴を思わせる砲声が轟き、基準排水量三万八〇三一トンの艦体が震えた。

三ヶ月前、加倉井が姉妹艦「プリンス・オブ・ウェールズ」の艦上で感じたものと同じだ。「キング・ジョージ五世」は、四連装二基、連装一基、計一〇

門の三五・六センチ主砲をいちどきに放ったのだ。

「『デューク・オブ・ヨーク』斉射！」

と、後部見張員が報告する。

その直後、通信室から、

「観測機より受信。敵四番艦に一発、五番艦にも一発命中！」

との報告が上げられる。

「よし！」

ソマーヴィルが満足げな声を上げた。

英本国艦隊の戦艦二隻、巡戦二隻は、全艦が目標に直撃弾を得た。

一方、「キング・ジョージ五世」以下の四隻には、まだ被弾はない。

英本国艦隊は、押し気味に戦いを進めている。

これなら、早い段階で敵戦艦、巡戦との戦いに決着をつけ、遣欧艦隊の支援に回れるのでは、という気がしたが――。

「……！」

不意に襲ってきた衝撃に、加倉井は大きくよろめいた。

辛くも両足を踏みしめ、顔を上げると、「キング・ジョージ五世」の左右両舷にそそり立つ水柱が見えた。

「後部指揮所に被弾！　射出機損傷！」

との報告が上げられる。

致命傷ではない。主砲火力の減少もない。

だが「キング・ジョージ五世」は、射撃指揮所の予備の役割を果たす「第二の頭脳」を失ったのだ。

「こちらの斉射はどうだ？」

ソマーヴィルが聞いた。

「キング・ジョージ五世」の被弾に、動じた様子はない。一発程度の被弾は、想定内かもしれない。

「通信より艦橋。観測機より受信。敵二番艦に三発命中。四番艦にも命中弾一を確認！」

「よし！」

通信室からの報告を受け、ソマーヴィルは頷いた。

「キング・ジョージ五世」は被弾したが、敵二番艦には自艦が受けた以上の命中弾を与えている。

「デューク・オブ・ヨーク」も、敵三番艦を相手に、優勢に戦いを進めている。

英本国艦隊の優位は崩れず――そのことを、確信している様子だった。

「キング・ジョージ五世」が二度目の斉射を放つ。

三五・六センチ砲一〇門発射の反動を受け、艦が左舷側に仰《の》け反《ぞ》る。

後方からも、「デューク・オブ・ヨーク」「リナウン」「リパルス」の砲声が届く。

四艦を合わせて、二〇発の三五・六センチ砲弾と一二発の三八・一センチ砲弾が、各々の目標に向かって飛翔する。

「『デューク・オブ・ヨーク』より報告。『我、被弾一。損害軽微。戦闘・航行に支障なし』」

通信室が僚艦からの報告を届け、次いでブラッドフォード砲術長が緊張した声で報告した。

「敵二番艦斉射！　続いて三番艦斉射！」

「来たか」

ソマーヴィルの声が、加倉井の耳に届いた。

「キング・ジョージ五世」「デューク・オブ・ヨーク」は、既に連続斉射に移っているが、敵二、三番艦も斉射に踏み切ったのだ。

「どちらが先に参るかの勝負だ」

5

「武蔵」以下の四隻は、敵一番艦の第七射弾が落下する前に、第五射を放っていた。

「武蔵」は第一砲塔を失い、第二砲塔のみの砲撃だが、「大和」以下の三隻は、第一、第二砲塔を使用している。

「武蔵」「大和」より徹甲弾九発、「金剛」「榛名」より三式弾八発、合計一七発の巨弾が唸りを上げて飛ぶ。

入れ替わりに、敵一番艦の射弾が、大気を震わせながら飛来する。全てを破壊せんとする、強固な意志を感じさせる轟音だ。

予想に反し、敵弾は「武蔵」を襲わなかった。

敵弾の飛翔音は、「武蔵」の頭上を、前から後ろに通過したのだ。

「敵の狙いは『大和』か？」

高田首席参謀が疑問の声を上げた。

「武蔵」は先の被弾で第一砲塔を失い、前方に向けられる火力が半減している。

敵の指揮官は、より大きな脅威となった「大和」を目標に定めたのか。

敵の目標は、「武蔵」でも「大和」でもなかった。

「『金剛』の周囲に弾着！」

「『金剛』が狙われたのか!?」

後部指揮所より届いた報告を受け、小林司令長官が驚愕の声を上げた。

一隻で複数の敵を相手取る場合は、最も強力な艦を最初に斃すのが定石《じょうせき》だ。にも関わらず敵一番艦は、火力が小さく、距離も遠い「金剛」を狙ったのか。

「三式弾に、脅威を感じたのかもしれません」

芦田が推測を述べた。

頭上から降り注ぐ焼夷榴散弾は、艦上の複数箇所に小規模な火災を起こし、飛び散る弾片は被弾に弱い部位を損傷させる。一つ一つの損傷は小さくとも、累積《るいせき》すれば致命傷になる。自然界の生物に喩《たと》えるなら、無数の蜂《はち》にたかられるようなものだ。

敵の指揮官は、三式弾の脅威を深刻なものと捉え、「金剛」を狙ったのだ。

この間に、日本側の射弾が敵一番艦を捉えている。

「武蔵」「大和」の四六センチ砲弾が、青と赤の水柱を奔騰させ、「金剛」「榛名」の三五・六センチ砲弾が目標の頭上で炸裂する。

敵一番艦は、損傷したように見えない。新たな火災の発生もない。

その艦上に、第八射の火焰が湧き出し、褐色の砲煙が後方に流れた。

「武蔵」も第六射を放つ。第二砲塔の三門のみが咆哮し、三発の射弾を叩き出す。

若干遅れて、「大和」以下三隻の射弾が「武蔵」の頭上を通過する。

「本艦と『大和』も、三式弾を撃ちますか?」

高田利種首席参謀の問いに、小林宗之助司令長官はかぶりを振った。

「このまま行く。距離を詰めれば、敵一番艦の装甲鈑を貫通できるはずだ」

その間にも、敵一番艦の第八射弾が飛来し、轟音が「武蔵」の頭上を通過する。

「『金剛』に至近弾!」

飛翔音が消えた直後、後部指揮所からの報告が上げられる。

「まずいな」

小林が呻いた。

長官が「金剛」を案じていることが、芦田にははっきり分かる。

同艦は大正二年に竣工し、艦齢は三一年に達する。帝国海軍の戦艦の中では一番の古株《ふるかぶ》であり、艦体の老朽化も進んでいる。

そのような艦に、大和型の主砲弾を上回る巨弾が直撃すれば、どのような惨事が起きるか。

日本側の第六射弾も、敵一番艦を捉えている。

結果は、これまでと同じだ。

「武蔵」「大和」の四六センチ砲弾は、一射毎に直撃弾を得、「金剛」「榛名」の三五・六センチ砲弾は敵に炎の雨を浴びせているにも関わらず、戦闘力は衰えを見せない。

帝国海軍の戦艦部隊が、初めてぶつかった恐るべき怪物だ。

その怪物が第九射を撃つ。

「武蔵」以下の四隻も、第七射の咆哮を上げる。

双方の巨弾が空中で交差し、各々の目標へと飛翔する。

轟音が「武蔵」の頭上を通過した。

八秒ほどの間を置いて、後方から巨大な炸裂音が伝わった。

先に、目の前で「妙高」が轟沈したときよりも、遥かに強烈であると同時に、不吉な響きを持つ音だった。

誰もが恐れていた報告が、それに続いた。

「『金剛』轟沈！」


「金剛」轟沈の瞬間は、第三戦隊の二番艦「榛名」の艦上からも、はっきり見えていた。

第三砲塔の真上に、直撃弾の閃光が走った直後、光は瞬く間に巨大な火焔に変わり、艦橋のみならず、マストをも大きく超えてそそり立った。

途方もなく巨大な炸裂音が轟き、「金剛」は艦の形をした炎の塊に変わった。艦尾が持ち上がり、スクリューや舵が海面上に姿を覗かせた。スクリューが既に動きを止めていることを、「榛名」艦長重永《しげなが》主計《かずえ》大佐ははっきりと認めた。

「取舵五度！」

「取舵五度。宜候！」

重永の下令を受け、航海長浅田隆《あさだたかし》中佐が即座に復唱を返し、操舵室に「取舵五度！」と命じる。

「榛名」が「金剛」との衝突を避けるべく、艦首を左に振ったときには、「金剛」を覆う炎と煙が小さくなり、海面に水蒸気が発生している。

艦が海中に引き込まれるにつれ、火災も消し止められつつあるのだ。

沈み行く姉妹艦の左脇を、「榛名」は旗艦に合わせた二七ノットの速力で通過してゆく。

「金剛」が死角に消えたときには、炎も黒煙も小さくなり、艦の姿はほとんど見えなくなっていた。

「砲術、第七射の成果はどうか？」

重永は、砲術長本田基信《ほんだもとのぶ》中佐に報告を求めた。

鈴木義尾三戦隊司令官や「金剛」の乗員を悼《いた》む気持ちはあるが、今は戦闘が優先だ。

「三式弾三発が目標至近で爆発」

「了解。砲撃を続行せよ」

報告を受け、重永はごく短く命じた。

そろそろ効果を発揮するはずだが、と腹の底で呟いた。

鈴木司令官が三式弾の使用を命じた意図は理解している。無数の焼夷榴散弾と弾片により、目潰《めつぶ》しを喰わせるのだ。

弾種を三式弾に切り替えてからの砲撃は四回。発射弾数は「金剛」と合わせて三二発。敵艦の電探も、測距儀も、使用不能に追い込めるはずだ。

前を行く「武蔵」「大和」が四六センチ砲の咆哮を上げ、「榛名」も第八射を放つ。

大仰角をかけた三五・六センチ主砲四門の砲口から発射炎がほとばしり、四発の三式弾が飛翔する。

入れ替わりに、敵弾の飛翔音が聞こえ始めた。

「総員、衝撃に備えよ！」

重永は、全乗員に下令した。

「金剛」がやられた以上、次に狙われるのは「榛名」だと直感したのだ。

敵弾が急速に迫った。周囲の大気が激しく震え、「榛名」の艦体にも伝わった。

それが消えると同時に、「榛名」の右舷側海面が大きく盛り上がり、巨大な海水の塊が、空中高く伸び上がった。

右舷艦底部からの爆圧を受け、「榛名」の艦体は左舷側に仰け反った。

艦が揺り戻され、今度は右に傾斜する。

「榛名」の基準排水量は三万二一五六トン。大和型に比べれば見劣りするが、決して小さな艦ではない。その巨体が、小舟のように翻弄されていた。

「機関長より艦長。三番缶室に浸水！」

機関長枝野《えだの》修一《しゅういち》中佐が報告を上げる。

至近距離に落下した敵弾は一発に過ぎないが、その一発が艦底部を損傷させせたのだ。

「これが『金剛』を轟沈させた巨弾か……！」

重永は、唇を噛み締めた。

直撃を受ければ、「榛名」も同じ運命に見舞われる。大和型を超える巨艦の主砲弾は、それほどの威力を持っている。

恐怖は感じるが、今は戦い続けるしかない。

「砲術より艦長。二発が目標至近で爆発」

本田が落ち着いた声で報告を上げる。艦橋トップの射撃指揮所は、至近弾落下に伴う動揺が激しかったであろうが、砲術長は沈着さを失っていない。

「了解。砲撃を続行せよ」

とのみ、重永は命じた。

前方の「武蔵」「大和」が第九射を放ち、「榛名」も続いた。

「三式弾が効いていないはずはない。今度こそ、目潰しに成功するはずだ」

三五・六センチ主砲四門の砲声を聞きながら、重永は艦と自分自身に言い聞かせた。

敵弾の飛翔音が聞こえ始める。第一射から数えて一一度目、「榛名」に対しては二度目の砲撃だ。

轟音が、急速に拡大する。抗《あらが》いようもない巨大な力が「榛名」を叩き潰さんと迫って来る。

音は「榛名」の後方に抜けた。

安堵する間もなく、尻を蹴り上げられるような衝撃が襲い、「榛名」は大きく前にのめった。艦首が、海面付近まで沈み込んだように感じられた。

「艦尾に至近弾！」

「二番推進軸損傷。速力、二四ノットに低下！」

「速力低下か……！」

複数の報告を受け、重永は「榛名」が深刻な被害を受けたことを悟った。

「榛名」の強みは、速度性能の高さだ。三〇ノットの最高速度は、大和型戦艦に追随《ついずい》可能であり、機動部隊の護衛にも適任だ。

その「榛名」が、二四ノットまでしか出せなくなれば、高速戦艦としての価値はなくなり、敵弾も命中しやすくなる。

「艦長より砲術。本艦の速力、二四ノットに低下。射撃諸元の計算に留意せよ」

状況の深刻さにも関わらず、重永は本田に命じた。

速度性能は低下したものの、「榛名」の主砲は健在だ。隊列から落伍しても、砲撃は可能だ。

「武蔵」「大和」が第一〇射を放ち、「榛名」も若干遅れて、四発の三式弾を放った。

砲声が収まったとき、入れ替わるように、敵弾の飛翔音が聞こえ始めた。

(今度はやられる)

重永は、そう直感した。

間もなく「榛名」は、「金剛」の後を追う。自分も、多くの乗員も、艦の道連れとなる。

目前に迫った死が恐ろしくないはずはなかったが、頭は自分でも不自然に思うほど冷静だった。

「皆……すまぬ」


一四三六名の「榛名」乗員に詫びたとき、白光が全世界を包んだ。


「これで三隻目か……」

芦田優作戦参謀は、小林宗之助司令長官の口から、その呟きが漏れるのを聞いた。

「『榛名』轟沈！」

の報告が、「武蔵」の後部指揮所から届いた直後だ。

小林が口にした三隻は、敵一番艦に沈められた「妙高」「金剛」「榛名」を指している。

その全てが「轟沈」だ。敵一番艦は、一万トン級の重巡も、三万トン級の高速戦艦も、虫でも叩き潰すように沈めている。

信じられないほど凄まじい破壊力だった。

このときには、日本側の第一〇射弾も落下し、敵一番艦の周囲に青と赤の水柱が奔騰している。

それが収まったとき、四発の三式弾が炸裂した。

「榛名」が、最後に放った射弾だ。

敵一番艦の頭上で次々と爆発が起こり、無数の火の粉が降り注ぐ。

「敵との距離は？」

「二一〇《フタヒトマル》（二万一〇〇〇メートル）！」

朝倉の問いに、越野が即答した。

小林の表情が、一瞬で変わった。

このときを待っていた——そんな心の声が伝わって来るような気がした。

「艦隊針路〇度！」

小林は艦橋の中央に仁王立ちとなり、大音声で下令した。

砲戦距離は二万メートルだが、舵の利きを待つ間にも艦は航進を続ける。転舵から舵の利きまでの時間差を計算に入れての命令であろう。

「取舵一杯。針路〇度」

「艦長より砲術。主砲、右砲戦。直進に戻り次第、砲撃再開」

朝倉が、二つの命令を続けて発する。

「取舵一杯。針路〇度！」

朝倉の命令に、航海長仮屋《かりや》実《みのる》中佐が復唱を返し、操舵室に下令する。

「主砲、右砲戦。直進に戻り次第、砲撃再開します」

射撃指揮所からも復唱が返される。

「三戦隊の犠牲を無駄にはせぬ！」

小林は、決然たる口調で言った。

最大戦速で敵との距離を詰める間、「金剛」「榛名」は三式弾による目潰し攻撃を行い、「武蔵」「大和」を援護した。

その結果、両艦は敵の巨砲で狙い撃たれ、轟沈の憂《う》き目を見たが、「武蔵」「大和」は敵との距離を詰めることができた。

三戦隊の二隻は、身を捨てて「武蔵」「大和」が敵に接近するための時間を稼《かせ》いでくれたのだ。

両艦の犠牲に報いるため、何としても勝つ。

小林の全身から、烈しい闘志が伝わって来るようだった。

敵一番艦は、しばし沈黙している。大和型戦艦のそれより口径の大きな主砲は、火を噴くことはない。

「三式弾が効いたのでしょうか？」

「ならばいいが……」

高田の問いに、小林が答えた。

「金剛」「榛名」が繰り返し叩き付けた三式弾の焼夷榴散弾と弾片が、敵一番艦の電探用アンテナや測距儀を破壊し、射撃不能に追い込んだことを期待したいが、楽観は禁物《きんもつ》だ、と考えたようだ。

「武蔵」の艦首が、大きく左に振られた。ほとんど同時に、敵一番艦の艦上に新たな閃光が走った。

発射炎は、これまでよりも明るい。敵一番艦は、目標を変更するに当たり、最初からの斉射を選んだのだ。

回頭中の艦は、静止目標のように見える。敵から見れば、最も照準を付けやすい。敵の指揮官は、最初からの斉射で命中弾を得られると踏んだのかもしれない。

「武蔵」は海面を白く切り裂きながら、左に回頭する。主砲塔は右舷側に大きく旋回し、太く長い砲身が僅かに仰角を下げる。

艦が直進に戻ったとき、敵弾が轟音を上げて飛来した。

弾着の瞬間、これまでで最も強烈な衝撃が「武蔵」を襲った。先に第一砲塔を破壊されたときの比ではない、激烈な一撃だった。

炸裂音は艦橋の後ろから伝わり、艦全体が激しく震え、金属的な叫喚を発する。

致命傷を実感させる一撃だった。

「副長より艦長。直撃弾二。一発は煙路内で爆発した模様。三、四番缶室、使用不能！」

「砲術より艦長。第三砲塔に直撃弾。火薬庫、注水始めます！」

副長加藤憲吉《かとうけんきち》中佐と越野が被害状況を報告する。

「やられたか……！」

朝倉が、血を吐くような声で叫んだ。

敵一番艦は、最初の斉射で「武蔵」に甚大な被害をもたらした。

缶室二基を破壊されたのでは、機関出力は半減する。最高速度の発揮は不可能だ。

加えて、まだ一度も撃っていない第三砲塔を破壊され、主砲火力は三分の一に減じた。

「『大和』に打電。『我ヲ省ミズ敵一番艦ヲ撃滅セヨ』」

小林が、冷静な声で下令した。

「金剛」「榛名」が失われ、「武蔵」も機関に重大な損害を受けた以上、残るは「大和」一隻だけだ。

四隻がかりで致命傷を与えられなかった強敵だが、今となっては「大和」に全てを託《たく》す以外にない。

「武蔵」は、残された第二砲塔で第一射を放った。

後方からも、新たな砲声が伝わる。「大和」が敵と同航戦の態勢に入り、砲戦を再開したのだ。

敵一番艦の艦上にも、新たな発射炎が閃いた。

（止《とど》めが来る！）

芦田は、そう直感した。

速力が大幅に低下した「武蔵」は、敵戦艦にとり、格好の射撃目標だ。

その「武蔵」を沈めるべく、敵は最後の斉射を放ったのだ。

芦田の脳裏に、「死」の一文字が浮かんだ。心臓の鼓動が高まり、喉から喘ぎが漏れた。

帝国海軍に奉職して以来、前線で死ぬ覚悟はできていたつもりだが、いざそのときが来ると、恐怖を感じないではいられなかった。

だが、予想された衝撃は来なかった。

「『大和』の左舷側に弾着！」

の報告が、艦橋に上げられた。

「大和」に対する敵一番艦の第一射は、艦の頭上を飛び越え、五〇メートル以上離れた場所に落下した。

爆圧は、「大和」の巨体を持ち上げるほどではないが、艦長以下の「大和」乗員は、艦底部から伝わる衝撃を感じ取った。

水柱の数は四本だ。敵の指揮官は、弾着修正用の交互撃ち方に戻したのだ。

「取舵五度！」

艦長森下信衛《もりしたのぶえ》大佐は、航海長茂木四郎《もてぎしろう》中佐に下令した。

「大和」の幹部乗組員は、英本土奪回作戦に先立って、何人かが入れ替わっている。森下も、茂木も、砲術長の能村次郎《のむらじろう》中佐も、新たに「大和」の指揮官に任ぜられた人物だ。実戦は、エジンバラ沖海戦に続いて二度目になる。

「大和」の前方では、遣欧艦隊旗艦「武蔵」が黒煙を噴き上げながら、速力を落としている。

左舷側から「武蔵」を追い抜くのだ。

「武蔵」を追い抜く前に、日本側の第一一射弾が着弾する。

敵一番艦の周囲に、青と赤の水柱が奔騰する。青い水柱が噴き上がるのは、今回で最後だ。

以後は「大和」一隻だけで、敵一番艦を相手取る。

「大和」は、通算一二回目の射弾を放つ。回頭により、相対位置が変わったため、弾着修正用の交互撃ち方に戻している。四六センチ砲の砲声が艦橋を満たし、砲煙が後方に流れ去る。

右前方から、「武蔵」が近づいて来た。

第三砲塔は黒煙に覆われて見えないが、煙突が叩き潰されている様ははっきり分かる。

第一砲塔は、前から押し潰された格好だ。強固な防御力を持つ主砲塔が、ひしゃげた紙箱のようになっている。

敵一番艦の主砲弾が持つ凄まじい破壊力を思い知らされたが、それは過去の戦いで、「大和」が敵戦艦に見舞って来たものでもあった。

「用意、だんちゃーく！」

艦長付の坪井三郎《つぼいさぶろう》上等水兵が報告し、敵一番艦の後部に直撃弾炸裂の閃光が走る。

「大和」は回頭後、最初の砲撃で直撃弾を得たのだ。

「次より斉射！」

「了解！」

能村次郎砲術長の報告に、森下は即答した。

装塡を待つ間、敵一番艦も「大和」に射弾を見舞う。

四六センチ砲弾を上回る巨弾が四発、唸りを上げて飛来し、「大和」の右舷側海面に、艦橋を遥かに超える海水の柱を噴き上げる。

「直撃弾も、至近弾もないな」

森下は、独りごちるように呟いた。

敵弾は、「大和」から離れた海面に落下している。

爆圧は伝わって来るものの、浸水が発生するほどではない。

三戦隊が狙った目潰し――大量の焼夷榴散弾と弾片によって、電探用のアンテナや測距儀を破壊する目論見が、ようやく効果を発揮したのだろうか？

主砲発射のブザーが鳴り、斉射の開始を告げた。

九門の砲口から右舷側海面に向け、巨大な火焰がほとばしった。爆風をまともに受けた海面が、束の間大きく凹《へこ》んだ。

交互撃ち方とは比較にならないほどの大音響が轟き、発射の反動が、鋼鉄製の巨体を震わせる。

第三砲塔も含め、九門全てを揃えての斉射は、今回が最初となる。

真の実力を発揮できる喜びに、艦が打ち震えているようだった。

森下は仁王立ちとなり、微動だにしない。

敵一番艦を凝視し、弾着の瞬間を待つ。

弾着は、ほとんど同時だ。

「だんちゃーく！」という斎木一水の声が、敵弾の飛翔音にかき消され、「大和」の後方から弾着の水音が届く。

水柱は目視できないが、至近弾があったらしく、衝撃が艦橋に伝わる。

「大和」の射弾は目標を包み込むように落下し、赤く染まった水柱が、しばし敵艦の姿を隠す。

「大和」が二度目の斉射を放った直後、

「観測機より受信。『敵一番艦ノ左舷後部ニ水柱確認。水線下ヘノ命中ト認ム』」

通信室から報告が上げられた。

「水中弾か！」

森下は、思わず身を乗り出した。

遣欧艦隊の芦田優作戦参謀にとっては、狙っていた水中弾の効果がようやく発揮された形だが、遣欧艦隊司令部でのやり取りは、森下には届いていない。

「大和」の艦長としては、九一式徹甲弾が敵一番艦の水線下に命中したことを、素直に喜ぶだけだ。

敵一番艦の第四射弾と「大和」の第二斉射弾が、ほとんど同時に着弾する。

「大和」の右舷側海面が大きく盛り上がって巨大な壁となり、しばし視界を遮る。

右舷艦底部を突き上げた爆圧が、艦を左舷側に仰け反らせ、「大和」は横波を受けた小舟のように動揺する。

揺れが収まり、水柱が崩れたとき、敵一番艦の後甲板から噴出する黒煙が認められた。

「観測機より受信。『目標ノ後甲板ニ命中弾二』」

との報告が、通信室より届く。

「大和」が第三斉射を放った直後、

「観測機より受信。『敵一番艦、斉射』」

「なに？」

通信室から上げられた報告に、森下は思わず問い返した。

敵は、まだ「大和」に直撃弾を得ていない。弾着修正が終わっていないにも関わらず、斉射に移行したのか。

(焦っているのか、敵は？)

森下は自問した。

遣欧艦隊の健在な戦艦は「大和」だけになってしまったが、状況は日本側に有利だ。

「大和」が既に複数の命中弾を得、斉射に移行しているのに対し、敵一番艦はまだ弾着修正中だ。

敵の司令官か艦長は、形勢を一挙に逆転すべく、一か八かの勝負に出たのではないか。

弾着の瞬間を待つ森下の耳に、大気の鳴動が聞こえた。

敵一番艦の斉射弾も、「大和」に迫っているのだ。


ヤマト型戦艦の斉射弾は、轟音と共に飛来した。

弾着の瞬間、「ホルスト・ヴェッセル」の左右両舷に、真紅に染まった水柱が多数奔騰し、艦橋の後方から、打撃音が二度連続して伝わった。

（貫通はない）

ドイツ大海艦隊司令長官ギュンター・リュッチェンス大将は、そう直感した。

敵弾は、「ホルスト・ヴェッセル」の左舷中央に命中した。艦の中で、最も分厚い装甲鈑が張り巡らされている場所だ。

五〇・八センチ砲弾の直撃に耐えられるよう設計されている「ホルスト・ヴェッセル」の装甲鈑は、二万メートルの距離から撃ち込まれたヤマト型戦艦の主砲弾を正面から受け止め、撥ね返したのだ。

艦底部からは、至近弾の爆圧が伝わって来るが、艦が上下に動揺するほどではない。

「ヤマト」「ムサシ」の四六センチ砲弾は、イタリア海軍のリットリオ級を轟沈させ、「ビスマルク」を追い詰めることができても、「ホルスト・ヴェッセル」には通用しないのだ。

「弾着。全弾、遠！」

敵弾落下の狂騒が収まったとき、後部の予備射撃指揮所から報告が上げられた。

艦橋トップの射撃指揮所は、敵の砲撃によって測距儀を損傷し、測的不能となっているため、砲戦の指揮中枢は予備射撃指揮所に移っているのだ。

「敵艦、斉射！」

予備射撃指揮所から報告が届く。

「ホルスト・ヴェッセル」も、敵二番艦への第二斉射を放つ。左舷側に向けて火焔が噴出し、巨大な咆哮が轟く。

「序盤で本艦の目潰しを図ったのは、なかなか頭のいいやり方だ、コバヤシ」

リュッチェンスは、敵の指揮官の名を呟いた。

遣欧艦隊の司令長官である小林宗之助《ソウノスケ・コバヤシ》大将は、ドイツ海軍軍人の間で、最も知られた日本軍人だ。連合艦隊司令長官の山本五十六《イソロク・ヤマモト》大将より知名度が高い。

「だが、所詮《しょせん》は小細工《こざいく》に過ぎぬ。本艦を沈められる戦艦など、世界のどこにも存在せぬ」

日本軍の金剛《コンゴウ》型戦艦が撃って来た三式弾《テューブ・ドライ》――広範囲を制圧できる巨大な散弾は、「ホルスト・ヴェッセル」の装甲鈑を破る力はなかったが、無数の焼夷榴散弾と弾片は、レーダー・アンテナ、通信ケーブル、対空機銃といった非装甲の部位を損傷させ、上甲板に張り巡らされた板材を切り裂いた。

のみならず、艦橋トップに据え付けられている測距儀、及びA、D砲塔の測距儀を損傷させ、砲撃に不可欠の目を奪った。

それでも、後部の予備射撃指揮所は健在であり、「ホルスト・ヴェッセル」は統一射撃の能力を失わなかった。

巨大な散弾による目潰しという日本艦隊の目論見は失敗したのだ。

徹甲弾も命中したが、致命傷ではない。

左舷水線下にも、敵駆逐艦が放った魚雷らしきものが命中したが、浸水は最小限に食い止めている。

「ホルスト・ヴェッセル」は手負《てお》いとなったが、戦闘力は失っていない。

五〇・八センチ主砲八門の火力で一気に押し切れるはずだ。

敵戦艦の射弾が飛来した。

「ホルスト・ヴェッセル」を包み込むようにして、真紅の水柱が奔騰し、左舷側から突き上がるような衝撃が襲って来た。

「左舷中央、水線下に被弾！」

「右舷中央に注水！」

被害状況報告を受けたフリッツ・ヒンツェ艦長が、即座に対処指示を出す。

（また魚雷か？）

そんな疑念が、リュッチェンスの脳裏に浮かぶ。

敵駆逐艦の魚雷が、弾着と同時に「ホルスト・ヴェッセル」の水線下を抉《えぐ》ったのだろうか？

「本艦の砲撃はどうか？」

「全弾遠！」

リュッチェンスの問いに、ヒンツェが返答する。

「ホルスト・ヴェッセル」が第三斉射を放つ前に、敵の第五斉射弾が飛来する。

「ホルスト・ヴェッセル」の周囲に真紅の水柱がそそり立ち、艦の後部から炸裂音が届く。

「後甲板に被弾！」

「左舷中央からの浸水拡大！」

「浸水拡大だと？」

被害状況報告を受け、リュッチェンスは聞き返した。

「至近弾による水圧の増大が原因と思われます」

航海参謀のミヒャエル・ヤニング中佐が言った。

（まずい）

リュッチェンスは、「ホルスト・ヴェッセル」が危険な状況に置かれていることを悟った。

魚雷が一、二本命中した程度で「ホルスト・ヴェッセル」が沈むことはないが、浸水が拡大し、傾斜が増大すれば、射撃精度が低下する。

「艦長――」

ヒンツェに呼びかけようとしたとき、

「敵二番艦に命中！」

予備射撃指揮所から、歓喜の声が飛び込んだ。

リュッチェンスは、敵艦に双眼鏡を向けた。

敵二番艦の後部から、濛々たる黒煙が噴出している。「ホルスト・ヴェッセル」の斉射弾が、相当な被害を与えたことがはっきり分かる。

五〇・八センチ砲弾の一発が、後部の主砲塔を直撃したのかもしれない。

(炎よ、火薬庫まで燃え広がれ)

リュッチェンスは、そんなことを願った。

イギリス巡戦「フッド」と同様の惨劇が、ヤマト型をも襲うことを祈った。

敵二番艦の艦上に、火焰が躍った。

発射炎が閃いたのは前部だけだ。敵二番艦は、健在な主砲で六度目の斉射を放ったのだ。

「ホルスト・ヴェッセル」の主砲は沈黙している。先の被弾によって、艦が左舷側に傾斜したため、照準が狂っているのだ、
右舷側への注水はまだ終わらず、傾斜も復旧していない。

沈黙したままの「ホルスト・ヴェッセル」に、敵弾の飛翔音が迫った。

直撃が来るか、と思ったが、敵弾は艦の前方に落下し、真紅に染まった海水の壁を奔騰させた。

水線下への被弾と浸水の拡大に伴い、「ホルスト・ヴェッセル」の速力は落ちている。

敵の砲術長は、それを計算に入れることなく斉射を放ったようだ。

敵二番艦は、第七斉射を放った。敵弾の飛翔音が、急速に迫った。

(今度は来る!)

リュッチェンスが直感したとき、「ホルスト・ヴェッセル」の左右両舷に真紅の水柱が奔騰した。

艦の後部から衝撃が伝わり、炸裂音が届いた。

「砲術より艦長。D砲塔被弾。火薬庫、注水始めます!」

「了解!」

デアリング砲術長が被害状況報告を上げ、ヒンツェが返答した。

「砲塔をやられたか」

リュッチェンスは呻き声を発した。

五〇・八センチ主砲の正面防楯が、ヤマト型の四六センチ砲弾に貫通されるとは思わない。おそらく急角度で落下した敵弾が、砲塔の天蓋を破り、内部で爆発したのだ。

「ホルスト・ヴェッセル」も無敵ではない。主要防御区画以外の場所に被弾すれば、貫通されることもあるのだ。

「右舷側への注水完了！」

「砲撃再開します！」

内務長ヘルマン・ヴィンクラー中佐が報告し、デアリングが宣言するように言った。

直後、轟然たる砲声が轟き、「ホルスト・ヴェッセル」の艦体は右舷側へと仰け反った。

残された三基六門の主砲による斉射だ。艦が受けた打撃は大きいが、乗員の闘志は失われてはいない。入れ替わるようにして、敵弾の飛翔音が迫る。

被弾の衝撃は、左舷艦底部から来た。

赤い水柱の奔騰と同時に、下から突き上げるような衝撃が襲って来た。

（いかん！）

リュッチェンスは、顔から血の気が引くのを感じた。

「ホルスト・ヴェッセル」は、またも左舷水線下に被弾したのだ。

弾着の狂騒が収まったとき、艦は再び左舷側に傾斜していた。

傾斜角は、復元前より大きい。

「左舷後部水線下に被弾！　浸水発生！」

「左舷中央の隔壁、破られました。浸水、拡大！」

二つの悲報が続けざまに飛び込む。

リュッチェンスは被害状況報告に構わず、日本艦隊を凝視した。

「ホルスト・ヴェッセル」の斉射弾が、敵二番艦の手前に巨大な水柱を奔騰させ、その姿を隠した。

（轟沈であってくれ）

腹の底で、リュッチェンスは願った。水柱と共にヤマト型が姿を消していることを期待した。

水柱が崩れたとき、リュッチェンスは、願いがかなわなかったと悟った。

ヤマト型は、その姿を海上に留め続けている。のみならず、艦上に新たな発射炎を閃かせる。

通算九回目の斉射弾が、大気を震わせながら飛来した。

今度は艦尾から被弾の衝撃が伝わった。「ホルスト・ヴェッセル」は痙攣《けいれん》するように震え、金属的な叫喚を発した。

致命的な一撃を喰らったことを、艦そのものが悟ったような大音響だった。

「砲撃続行！」

被害状況報告が届くよりも早く、リュッチェンスは叩き付けるように命じた。

「この状況では、命中は――」

「撃ち続けていれば、当たる可能性はある。主砲塔が一基でも、いや主砲が一門でも残っている限り、砲撃を続けよ！」

断固たる口調で、リュッチェンスは命じた。

「ホルスト・ヴェッセル」は、ドイツの科学技術が生み出した世界最強の戦艦だ。その戦艦が反撃もできず、一方的に打ちのめされるなど、許されない。最後まで、世界最強の戦艦に相応しく戦うのだ。

「艦長より砲術。砲撃続行！」

覚悟を決めたように、ヒンツェは下令した。

その間にも、敵二番艦の巨弾が飛来する。

赤い水柱が艦を囲み、各所から被弾の衝撃が伝わる。左舷付近への弾着は、浸水を拡大させ、艦の傾斜を更に深める。

「ホルスト・ヴェッセル」は、残存する主砲六門で斉射を放った。

砲声も、発射に伴う反動も、衰えを見せない。

発射と同時に、雷鳴のような音が艦橋を満たし、艦体が震える。

その「ホルスト・ヴェッセル」に、なおも敵戦艦の巨弾が降り注ぐ。

艦中央部の主要防御区画は敵弾の貫通を許さないが、上部構造物や艦首、艦尾の非装甲部は容赦なく打ち砕かれ、八万五〇〇〇トンの基準排水量を持つ巨体は、苦悶に打ち震える。

艦内各所から被害状況報告が上げられるが、リュッチェンスの耳には届いていない。

指揮官の意識は、「ホルスト・ヴェッセル」の砲撃のみに向けられている。

五〇・八センチ砲弾六発が着弾した。

全弾が、ヤマト型戦艦の後方に落下し、敵戦艦のメインマストを大きく超える水柱を奔騰させた。

「ホルスト・ヴェッセル」は砲撃を続ける。巨大な咆哮と共に、六発の巨弾を叩き出す。

これも、直撃弾はない。弾着の水柱は、敵二番艦の手前に落下し、水柱を噴き上げるだけだ。

敵二番艦の、一二回目の斉射弾が飛来した。

弾着と同時に、これまでで最も強烈な衝撃が、続けざまに「ホルスト・ヴェッセル」を襲った。

艦首甲板に閃光が走り、無数の破片が飛び散ったかと思うと、後部から炸裂音と金属的な破壊音が伝わる。

続けて、左舷水線下から被弾の衝撃が突き上がる。

弾着の狂騒が収まったとき、「ホルスト・ヴェッセル」の速力は、大幅に低下していた。

あたかも、海面を這っているようだ。

浸水が拡大し、沈下が進んだのだろう、左右両舷とも海面が間近に見える。

この状態で、「ホルスト・ヴェッセル」はなお斉射を放った。

リュッチェンスは砲撃の成果を見届けるべく、日本艦隊を見つめ続けた。

理性は「ホルスト・ヴェッセル」の敗北を認めているが、斉射の成否を確認せずにはいられなかった。

弾着の瞬間、リュッチェンスの口から「駄目か！」との一言が漏れた。

五〇・八センチ砲弾はヤマト型の手前に落下している。命中弾どころか、至近弾すらない。

「ホルスト・ヴェッセル」が力尽きたことを、認めないわけにはいかなかった。

「本艦の主砲は、グングニルたりえなかったか」

北欧神話の主神オーディンが持つ名槍《めいそう》の名を、リュッチェンスは呟いた。

オーディンが持つグングニルは、雷神トールが持つミョルニルの槌《つち》と並ぶ強力な武器で、投じたときは必ず目標に命中するという。

大海艦隊は「ホルスト・ヴェッセル」の呼び出し符丁をオーディンと定めたが、その主砲は、神話に登場する伝説の槍には及ばなかったのだ。

「ホルスト・ヴェッセル」の艦上に、新たな砲声が轟き、艦体が激しく震えた。

艦は、今一度の斉射を放ったのだ。

砲撃の余韻が消えたとき、敵弾の飛翔音が迫った。

「ホルスト・ヴェッセル」がまだ戦闘力を残していると見て、敵二番艦が斉射を放ったのだ。

「本艦に相応しい終わり方だ」

急速に拡大する飛翔音を聞きながら、リュッチェンスは呟いた。

「ホルスト・ヴェッセル」は、最後まで砲撃を続けた。戦う軍艦そのものとして、生を終えようとしている。

リュッチェンスが満足感を覚え、微笑を浮かべたとき、敵弾が轟音と共に落下し、全てが暗転した。

6

遣欧艦隊旗艦「武蔵」の艦橋からは、何条もの黒煙が遠望された。

その多くは、ドイツ大海艦隊のものだ。

残存する巡洋艦、駆逐艦は、ドイツ本土に遁走している。

戦場となった海面は、遣欧艦隊と英本国艦隊が支配していた。

「機関長から報告が届きました。健在な缶室で、一二ノット程度は発揮できるとのことです」

「そうか」

朝倉豊次「武蔵」艦長の報告を受けた小林宗之助司令長官は、安堵の表情を浮かべた。

航行不能であれば、曳航によって現海面から離脱すべきだが、その場合の速力は五、六ノットがせいぜいだ。

Uボートにとっては、格好の雷撃目標になる。

それを考えれば、雷撃処分するのが妥当だが、帝国海軍最強の戦艦を沈めるには忍びない。

「何とかして、本艦を生き延びさせてくれ」

小林は朝倉に懇請《こんせい》し、朝倉と部下の「武蔵」乗員も、艦の生存のために力を尽くした。

結果、「武蔵」は自力航行可能となるところまで復旧したのだ。

「将旗《しょうき》は、できる限り早く他艦に移されて下さい。本艦は、私が責任を持ってお預かりします」

「本隊に合流したら、そうさせて貰《もら》おう」

朝倉の具申に、小林は頷いた。

「武蔵」は機関室に被弾した後、本隊から取り残されている。

その本隊は苦戦を強いられながらも、ドイツ艦隊に勝利を収めた。

将旗は、「大和」に移すことになろう。

「戦果と被害状況の集計が終わりました。報告してもよろしいでしょうか？」

「聞こうか」

芦田優作戦参謀の問いに、小林は頷いた。

芦田は、戦果から先に読み上げた。

遣欧艦隊の戦果は、敵戦艦一隻、装甲艦二隻、重巡一隻、駆逐艦四隻の撃沈。重巡二隻、駆逐艦五隻の撃破。

被害は、戦艦「金剛」「榛名」、重巡「愛宕《あたご》」「高雄」「妙高」、駆逐艦「舞風《まいかぜ》」「不知火《しらぬい》」「初風《はつかぜ》」の沈没、戦艦「武蔵」「大和」、重巡「羽黒《はぐろ》」「那智《なち》」、駆逐艦「島風《しまかぜ》」「浦風《うらかぜ》」「谷風《たにかぜ》」の損傷。

英本国艦隊の戦果と被害状況については、まだ詳細が届けられていないが、傍受《ぼうじゅ》された通信から、ドイツ軍の戦艦、巡戦各二隻、すなわちビスマルク級、シャルンホルスト級の全艦を、戦闘・航行不能に追い込んだことが判明している。

「重巡の被害が意外に多いな。敵戦艦の主砲弾を受けた『妙高』は致し方ないとしても、高雄型を二隻も失うとは」

「『愛宕』と『高雄』は、装甲艦との砲戦でやられたものです。装甲艦は、二八センチ砲を装備していますから」

渋《しぶ》い表情を浮かべた高田利種首席参謀に、芦田は応えた。

重巡部隊は、第四戦隊が装甲艦二隻を、第五戦隊が重巡四隻を、それぞれ相手取ったとの報告が届いている。

四戦隊は、「愛宕」「高雄」に敵の砲撃が集中したが、最終的には「鳥海《ちょうかい》」「摩耶《まや》」の砲雷撃によって止《とど》めを刺した、とのことだった。

「被害は大きかったが、作戦目的は達成された」

小林があらたまった口調で言い、幕僚全員を見渡した。

「海戦の結果、我が軍は北海の制海権を奪取した。その結果、英本土のドイツ軍は完全に孤立し、連合軍は英本土の奪回に王手《おうて》をかけた。それだけではない。ドイツ大海艦隊は、この一戦で壊滅した。我が遣欧艦隊と英本国艦隊は、ドイツ艦隊の主だった艦艇、特に戦艦、巡戦、装甲艦を全て撃沈した。ドイツ海軍は、水上艦艇による戦闘力を喪失したのだ」

幕僚たちの全員が、満足げに頷いた。

今回の海戦では、大きな犠牲を払った。高速戦艦の「金剛」「榛名」や、精強を以て鳴る重巡三隻を失っただけではない。

世界最強のはずだった大和型戦艦よりも強力な戦

艦が存在したことも思い知らされた。

にも関わらず、連合軍は勝利を収めたのだ。

「貴国には、心から感謝します」

英軍の連絡将校ニール・C・アダムス中佐が深々と頭を下げた。

「貴国は同盟国として、我が大英帝国の祖国解放に十二分な協力をして下さいました。大英帝国海軍《ロイヤル・ネイヴィー》は、いや全イギリス国民が、貴国に感謝するでしょう」

小林は小さくかぶりを振った。

「感謝の言葉は、ロンドンを含めた英本土全土の奪回に成功したとき、あらためていただきたい」

そこまで言ったとき、艦橋見張員の報告が上げられた。

「右前方より味方艦接近。『大和』です」

全員の目が、艦外に向けられた。

「武蔵」の姉妹艦が、ゆっくりと近づいて来る。

「金剛」「榛名」が轟沈し、「武蔵」が戦闘不能となった後、敵一番艦と渡り合い、打ち勝った艦だ。

今回の海戦における最大の殊勲《しゅくん》艦と言えた。

青木参謀長が、通信室を呼び出して命じた。

「『大和』に伝えてくれ。『旗艦ヲ〈大和〉ニ変更ス』と」

英本国艦隊旗艦「キング・ジョージ五世」の艦橋では、ジェームズ・ソマーヴィル司令長官がアダムス中佐と同様の言葉を、加倉井憲吉中佐に伝えていた。

「アドミラル・コバヤシには感謝している」

「感謝と言われますと？」

「昨年一〇月のシチリア沖海戦の際、日本艦隊で『ビスマルク』『ティルピッツ』を沈めなかったこと、そして今回の海戦で、『ビスマルク』『ティルピッツ』を我々に譲ってくれたことだ。『ビスマルク』が『ソッド』を沈めたときから、奴は必ず我々の手で沈めると決めていたのだからな」

三年四ヶ月前の一九四一年五月二四日、英巡洋戦艦「フッド」が「ビスマルク」に撃沈されたときのことは、当時海軍武官補佐官として在英大使館で勤務していた加倉井もよく覚えている。

「フッド」は大英帝国海軍の象徴として、英国民に最も親しまれた艦だった。それだけに、数日間は英本土全体がお通夜《つや》を思わせる沈んだ空気に包まれていたものだ。

英本土がドイツに占領され、英本国艦隊が日本に亡命しても、英海軍は「フッド」の復讐を諦めていなかった。

戦艦二、巡戦二という、ほぼ対等な条件でドイツ艦隊に挑んだのだ。

四対四の砲撃戦、特に「キング・ジョージ五世」「デューク・オブ・ヨーク」とビスマルク級戦艦二隻の撃ち合いは、当初は互角に見えた。

キング・ジョージ五世級戦艦の三五・六センチ砲弾は、ビスマルク級戦艦に致命傷を与えられなかったが、ビスマルク級が放つ三八センチ砲弾も、キング・ジョージ五世級に対する決定打とはならず、戦闘は長引くように見えた。

だが、後続する二隻の巡洋戦艦「リナウン」「リパルス」が、シャルンホルスト級巡洋戦艦二隻を戦闘不能に追い込んだことで、局面が変わった。

「リナウン」「リパルス」の主砲は三八・一センチ砲六門。シャルンホルスト級の主砲は二八センチ砲九門。

「リナウン」「リパルス」共に、艦齢二八年に及ぶ旧式艦だが、それだけに乗員は艦の扱いに習熟している。

乗員の熟練度と主砲の威力が、シャルンホルスト級を圧倒し、押し切ったのだ。

巡戦同士の戦闘に勝利を得た「リナウン」「リパルス」は、砲門を二隻のビスマルク級に向け、三八・一センチ砲弾を繰り返し浴びせた。

四対二となってからは、英艦隊が俄然《がぜん》優勢となり、ビスマルク級二隻に次々と直撃弾を与えた。

最終的には英本国艦隊が砲戦を制し、ビスマルク級二隻、シャルンホルスト級二隻を戦闘・航行不能に追い込んだのだ。

四隻の護衛に付いていた巡洋艦、駆逐艦は、大海艦隊司令部からの命令を受けたのか、戦闘を放棄し、遁走している。

ビスマルク級、シャルンホルスト級には、雷撃によって止《とど》めを刺すべく、英本国艦隊の駆逐艦が接近していた。

「日本艦隊が、敵の一番艦を引き受けてくれたことも大きい。ヤマト・タイプ二隻を含む四隻と互角に渡り合うとは、大変な強敵だ。我が艦隊があの艦を相手取っていたら、一方的に打ちのめされ、全滅していたかもしれぬ」

「ドイツ軍は、恐ろしい艦を繰り出して来たものだと思います」

フレデリック・サリンジャー参謀長の言葉に、加倉井は応えた。

遣欧艦隊の戦闘については、通信室から情報が伝えられたが、加倉井は気が気ではなかった。

「金剛」「榛名」の沈没にも大きな衝撃を受けたが、旗艦「武蔵」が被弾し、速力が大幅に低下したときには、「敗北」の二字が脳裏をよぎった。

大和型、金剛型各二隻を相手取り、互角以上に渡り合った戦闘力は、尋常なものではない。

あの艦を北海で始末できたのは、幸いだったと思わずにはいられなかった。

敵一番艦は、「ビスマルク」以下の四隻からやや離れた場所で、火災煙を噴き上げている。「武蔵」以下の四隻に、多数の四六センチ砲弾、三五・六センチ砲弾を浴びせられ、戦闘・航行不能に陥りながらも、海上に姿を留め続けているのだ。

「神々の黄昏《ラグナロク》とは、こんな光景だったのかもしれませんな」

サリンジャーが、海上に立ち上る黒煙を見ながら言った。

「ラグナロク」が、北欧神話に描かれた神々と巨人族の最終決戦であることは、加倉井も知っている。

　主神オーディンも、雷神トールも、巨人族が放った魔獣と戦って斃れ、最後は巨人スルトが放った炎のために全てが焼き尽くされ、世界は滅び去るというものだ。

　サリンジャーの目には、沈み行くドイツ軍の戦艦が、巨人族との戦いに斃れてゆく神々の姿に見えたのかもしれない。

「この海戦は、対独戦における最後の大規模な艦隊戦になる。同時にドイツにとっては、黄昏《トワイライト》の始まりとなる」

　ソマーヴィルは「黄昏」の一語を英語に置き換えて言った。

　予言者を思わせる口調だが、自分が口にした未来がやって来ることを確信しているようだった。

「ドイツの戦艦が北海に轟かせた砲声は、ラグナロクの始まりを告げるギャラルホルンの音だった、ということですな」

　サリンジャーが言ったとき、通信室から報告が飛び込んだ。

「第六、第七駆逐隊《DDG6、7》より入電。『当隊、魚雷発射完了』」

　ソマーヴィル以下全員の目が、ドイツ艦隊に向けられた。

「ビスマルク」以下四隻の左舷側に、次々と魚雷命中の水柱がそそり立ち、飛び散る飛沫が陽光を反射してきらめいた。

第五章　去る者、来《きた》る者

1

ロンドンの西部に位置するハイドパークで、炎が上がった。

黒煙の下、赤と白、黒を基調とした旗《はた》が、何枚も燃えている。

ロンドン中から集められた鉤十字《ハーケンクロイツ》の旗だ。

ロンドンのみならず、英国中に翻っていた占領軍の象徴だ。

それが今、次々と灰になっている。

公園の外からも、次々とハーケンクロイツ旗が運び込まれ、火中に投じられる。旗に火がつき、炎上する度、見守る群衆の中から歓声が上がる。

「燃やせ、燃やせ！」

「侵略者の旗なんか、一枚も残すな！」

「思い知ったか、ヒトラー！」

そんな言葉を叫ぶ者もいる。

ハーケンクロイツが燃やされているのは、ハイドパークだけではない。

テムズ川に近いセントジェームスパークやウェストミンスターにあるトラファルガー広場でも、旗を燃やす炎が躍っている。

トラファルガー広場では、中心に建てられているネルソン記念柱の最上部から、ネルソンの像が、旗が燃える様を見下ろしている。

三日前――一九四四年一二月二日まで、ロンドン市内には、至るところにナチスの党旗が掲げられ、英本土の支配者がナチス・ドイツとなっていることを示していた。

テムズ川沿いの国会議事堂、市庁舎《シティホール》にも、ロンドン塔やウェストミンスター寺院にも、鉤十字の旗が窓から垂らされ、あるいは旗竿に掲げられて、ロンドン市民を嘲笑《あざわら》うように翻っていた。

だが今、公の場に掲げられた鉤十字の旗は一枚もない。

　ロンドンがナチス・ドイツの支配から解放され、英国民の手に戻ったことの証だった。

「孤立してから、約二ヶ月か。粘ったと言うべきか、思ったよりも脆かったと言うべきなのか」

　ロンドンの中心街に向かうリムジンの後席で、小林宗之助遣欧艦隊司令長官は言った。

「ドイツ軍の指揮官が降伏以外の道なしと悟るまでには、ある程度の時間が必要だったと考えます」

　小林の隣に座っている芦田優作戦参謀が言った。

　北海における遣欧艦隊、英本国艦隊とドイツ大海艦隊の決戦――連合軍総司令部の公称「北海海戦」の終了後、ドイツ本国は、なお空輸によって、英本土のドイツ軍部隊に対する補給を継続した。

　だが、空輸によって運べる物資は、一機当たり三トンから四トン。重爆撃機のアブロ・グライフを使用した場合でも、六トン程度が限界だ。

　連合国も、英本土内に設けた航空基地から戦闘機を飛ばし、空輸を妨害する。

　ドイツ軍への物資輸送は先細りとなり、一一月一〇日を最後に打ち切られた。

　傍受された敵信によれば、ヒトラーは英本土のドイツ軍部隊を統括《とうかつ》するイギリス軍管区司令部に、ロンドン死守を厳命していたとのことだ。

　司令官のエヴァルト・フォン・クライスト上級大将に対しては、「ドイツの歴史上、降伏した元帥《げんすい》は一人もいない」との理由で元帥に叙任《じょにん》し、

「ロンドンの陥落が避けられないと判断した場合には、同市を徹底破壊せよ。バッキンガム宮殿も、ロンドン塔も、ウェストミンスター寺院も、何一つイギリス人の手に渡してはならぬ」

と命じたという。

　これに対して、連合軍の地上部隊――英国第三軍と日本陸軍欧州方面軍は、ロンドンを包囲するに留めた。

　市内のドイツ軍には、航空機で伝単《でんたん》を撒くと共に、拡声器や放送で降伏を呼びかけた。

ロンドン市内に突入すれば、市街戦にもつれ込み、戦闘が長期化する恐れがある。ドイツの軍政下で暮らしている市民にも、犠牲者が出る。

連合軍は、ドイツ軍がヒトラーの命令に背き、降伏する可能性に賭けたのだ。

その賭けは図に当たった。

一二月二日、クライストは連合軍に軍使《ぐんし》を送り、降伏を申し入れたのだ。

ヒトラーのロンドン破壊命令も、実行に移されることはなく、爆弾の設置場所についても、連合軍に知らされた。

ヒトラーの命令を拒否した理由について、クライストは、

「我がドイツは、ソ連に対する戦略爆撃を行ったことで、『文化の破壊者』『歴史的な遺産の抹殺者《まっさつしゃ》』との非難を受けている。この上、ロンドンの市街地を破壊するような真似《まね》をすれば、ドイツは未来永劫《みらいえいごう》消えない悪名を残す。私は未来におけるドイツの名誉のため、敢えて総統の命令に背いたのだ」

と、英軍の軍使に語っている。

クライストの決断により、英本土における地上戦闘は終結した。

一部では、なお抗戦を続けているドイツ軍部隊もあるが、大勢《たいせい》は決したのだ。

小林は日本海軍を代表して降伏文書の調印式に出席するため、芦田はその随員として、式典会場となるトラファルガー広場に向かっていた。

「調印式が、遣欧艦隊司令長官としての最後の仕事になるだろうな」

遠くを見るような表情で、小林は言った。

「大規模な艦隊戦はもう起こらない。航空作戦についても、米軍が英本土に進出して来る以上、我が軍の役割は小さくなる。遣欧艦隊は解隊され、英国には第八艦隊と対潜用の航空隊だけを残すことになるはずだ」

「連合軍総司令部では、大陸欧州への反攻を計画し

ていますが」

「大陸反攻に、『武蔵』や『大和』の出番はない。対地射撃が必要なら、米国の戦艦に任せればよい。ドーバーの制空権確保にしても、英本土の航空基地から作戦を行えば充分だ。何よりも、我が帝国海軍は著しく消耗した。向こうしばらくは、戦力回復に努めねばならない時期だ。大陸反攻は陸軍部隊と盟邦に任せ、海軍は部隊の輸送と対潜戦のみを引き受ければよいだろう」

芦田は、しばし沈黙した。

海軍組織の再編成について、内地から情報は伝わって来ないが、小林の考えには一理ある。

先の北海海戦を以て、遣欧艦隊の役割は事実上終わったのだ。

「遣欧艦隊長官の任を解かれたら、しばらくは休息させて貰いたいものだ。いや——この職を最後に、退官してもいいとさえ思っている」

「退官ですか？」

芦田は驚いて、小林の顔を見た。

小林は、一連の海軍作戦における勝利の立役者《たてやくしゃ》だ。

その実績があれば、海軍三顕職《けんしょく》——海軍大臣、軍令部総長、連合艦隊司令長官のどのポストにでも就ける。

その小林が、退官を言い出すとは思わなかった。

「幕僚たちが補佐してくれたおかげで、私はここまで来られたし、実力以上の評価を得られたのだ。有り難いと思っている」

「海軍中央は、長官を手放さないと思いますが」

「そのあたりは、内地に戻ってから上とよく話し合うさ。差し当たっては、最後の仕事に臨もう」

小林は、芦田の肩を軽く叩いた。

トラファルガー広場の中心に位置するネルソン記念柱が、前方に見え始めた。

2

リヴァプールに、艦隊の出港を告げるラッパの音が鳴り渡った。

「錨《いかり》上げ。両舷前進微速」

第五対潜戦隊旗艦「球磨」艦長坂崎国雄大佐は、機関室に下令した。

艦首の揚錨機《ようびょうき》が鎖《くさり》を巻き取り、錨を上げる。

艦底部から鼓動が伝わり、「球磨」がゆっくりと動き出す。

「一一駆、一一五駆、出港します」

「『日進《にっしん》』出港します」

後部見張員が、指揮下にある駆逐隊と水上機母艦の動きを報せた。

軽巡、水上機母艦各一隻、駆逐艦八隻の対潜戦隊は、五ノットの速力で港外へと向かってゆく。

「球磨」の甲板上では、手空きの乗組員が前方の海面を注視し、敵潜の襲撃に備えている。

英本土とアイルランドに挟まれたアイリッシュ海で襲撃して来るほど、Uボートの艦長は無謀《むぼう》ではないが、油断は禁物だ。

「ひとたび出港したら、そこは敵地だ」

というのが、二年余りに亘ってUボートと戦い続けて来た坂崎の考えだった。

「六対潜、出港します」

「遣欧艦隊本隊、出港します」

後部見張員が新たな報告を送る。

昭和一九年一二月一一日。

遣欧艦隊本隊が、内地に帰還するときが来たのだ。

リヴァプール出港後は大西洋を南下し、ジブラルタル海峡から地中海に入る。

艦隊がスエズ運河に入ったところで、五対潜、六対潜の護衛任務は終わりだ。

以後はリヴァプールに戻り、引き続き対潜哨戒に従事する。

遣欧艦隊本隊の役割は終わったが、対潜戦隊には、まだ長い戦いが待っていた。

「英軍の将兵が、帽子《ぼうし》を振っています」

艦橋見張員が報告した。

坂崎は、停泊している英軍艦艇を見た。

英軍各艦の乗員が上甲板に整列し、帽振れで遣欧艦隊の出港を見送っている。

祖国の解放に尽力した盟邦への感謝と、「航海の無事を祈る」との意思表示であろう。

「遣欧艦隊の各艦にとっては、永訣《えいけつ》になりそうだな。——特に、『武蔵』と『大和』は」

五対潜の八代祐吉司令官が言った。

ドイツ海軍の巨艦「ホルスト・ヴェッセル」——捕虜《ほりょ》の尋問《じんもん》によって、艦名が判明した——を沈めた時点で、「武蔵」と「大和」の役割は終わっている。

両艦が英国を訪れることは二度とないだろう、と思っている様子だった。

「欧州に平和が戻れば、親善訪問をする機会が訪れるかもしれません」

「いつの話だろうな」

首席参謀長瀬《ながせ》巧《たくみ》中佐の言葉に、八代は首を傾《かし》げた。

連合国は、まだ英本土の奪回に成功しただけだ。

フランス、オランダ、ベルギー等、大陸欧州の国々は、なおナチス・ドイツの圧制下に呻吟《しんぎん》している。

これらの国々を解放し、ナチス・ドイツを打倒しない限り、戦争は終わらない。

道はまだ遠い、と八代は言いたげだった。

「左前方に輸送船団。米国の船です」

艦橋見張員が、新たな報告を送った。

「こいつは豪勢だ」

左前方を見た長瀬が感嘆の声を上げた。

八列の複縦陣を組んだ船団が、リヴァプールに接近している。どの船も星条旗《せいじょうき》を掲げており、米国籍であることを示している。

「球磨」の艦橋からは、最後尾は見えない。水平線の向こう側まで、続いているようだ。

「大陸反攻が始まるのでしょうか？」

「いや、まず重爆撃機の大部隊を英本土に展開させ、ドイツ本土に徹底した爆撃を実施するようだ。ドイツを疲弊《ひへい》させ、継戦能力を奪ったところで、上陸作戦に移るらしい」

坂崎の問いに、八代が答えた。

「重爆の部隊を展開させるために、何百隻もの大船団を？」

「米国の重爆撃機は、桁外《けたはず》れに大きく、爆弾の搭載量も多いと聞いている。それを一〇〇〇機以上運用するとなると、飛行場の拡大や滑走路の補強が必要になる。そのための資材や土木機械、人員を運ぶため、多数の船が必要になったのだろう」

（主役が交代しつつある）

そのことを、坂崎は実感している。

昭和一七年三月二七日に日本が参戦して以来、枢軸国との戦争では、日本と英国が主役を務めていた。

米国は今年の六月二二日に参戦したが、日英両国が対独戦の主役であるという状況に変化はなく、ドイツ艦隊に引導《いんどう》を渡したのも日英両国の艦隊だった。

だが、英本土の奪回が成った今、戦争の主役は日英から米英に交替しようとしている。

遣欧艦隊本隊の帰国と米国の大船団の到着は、それを象徴する出来事かもしれない。

「対空用電探、感三。方位三四五度、距離九〇浬」

不意に、電測室から報告が上げられた。

坂崎は一瞬、身体をこわばらせたが、「方位三四五度」と聞いたところで緊張を解いた。

北北西から飛来したのであれば、友軍機だ。米重爆部隊の第一陣が飛来したのかもしれない。

遣欧艦隊全艦がリヴァプールより出港し、五対潜、六対潜が陣形を組んだところで、米軍機が上空に姿を現した。

二〇機前後と思われる梯団が六隊、爆音を轟かせ

アメリカ空軍 B29 重爆撃機

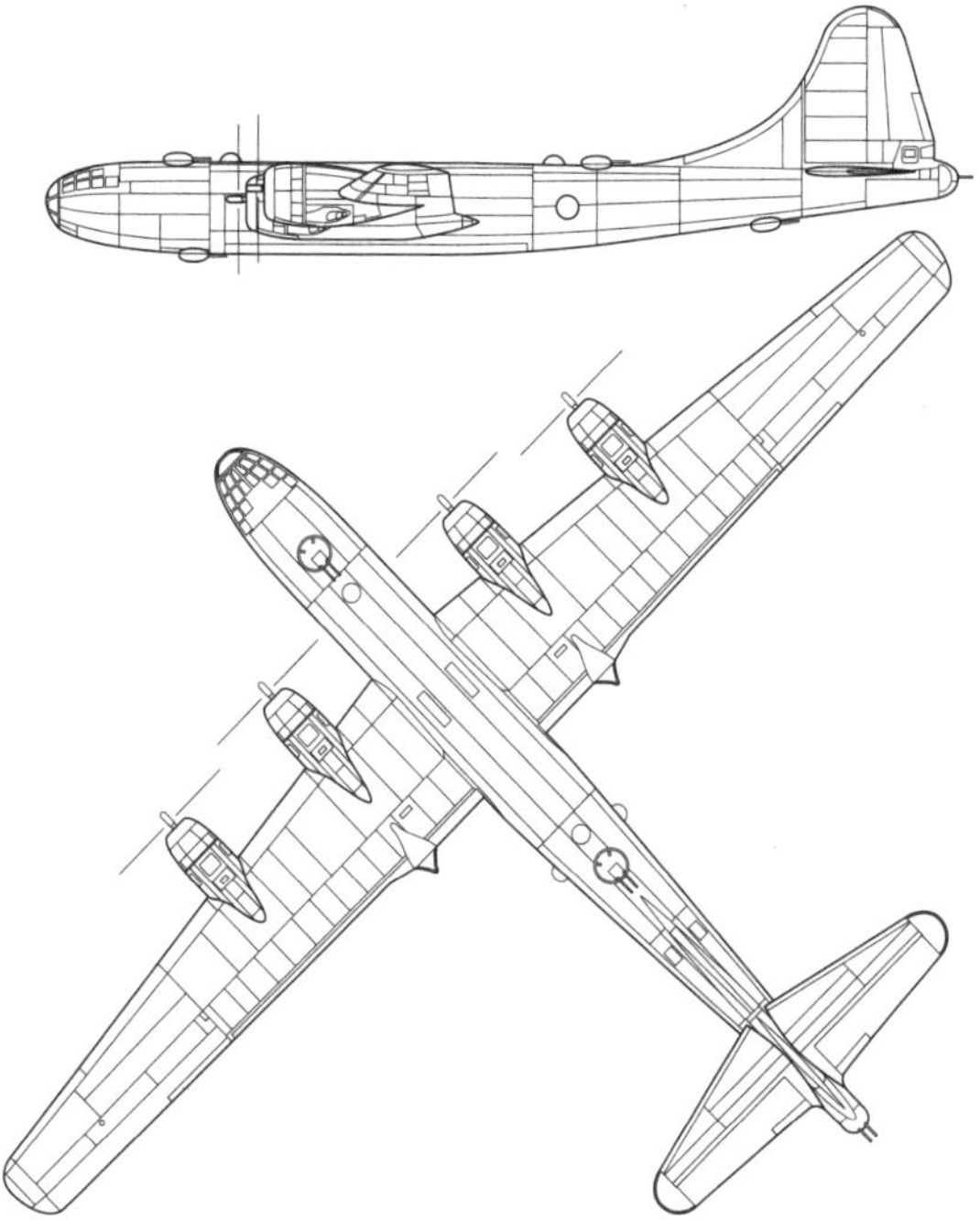

全長	30.2m
翼幅	43.0m
全備重量	46,027kg
発動機	ライト R-3350-57 2,200馬力×4基
最大速度	643km/時
兵装	12.7mm機関銃×12丁
爆弾搭載量	4,536kg
乗員数	11名

ボーイング社が開発した最新鋭戦略爆撃機。長大な航続距離、B17を上回る爆弾搭載量、厚い装甲、強力な防御火器のすべてを備えた、今次大戦に登場した大型爆撃機の究極ともいえる機体である。

敵国の軍事施設や軍需品の工場に留まらず、鉄道や道路、発電所や水道設備などの社会資本を破壊することで、継戦能力を奪うことを目的としており、本機の登場は従来の戦争の様相を一変させると思われる。

ながら、艦隊の右方を通過する。

高度を下げつつあるのだろう、機体形状がある程度分かる。

四発の重爆撃機だ。胴体には突起が少なく、野球のバットのように見える。

塗装はなく、銀色の地肌《じはだ》が陽光を反射して、研ぎ上げられた刃のような輝きを発している。

「B29だな」

八代の呟きに、坂崎は聞き返した。

「分かりますか？」

「米軍の重爆は、写真で見たことがある。あのすっきりした形状は、B29に間違いない」

「米軍が配備した重爆の中で、最も高性能な機体ですか」

米国は、ドイツを徹底的に叩き潰すつもりだ――高度を下げつつあるB29の編隊を見ながら、坂崎はそのことを悟っている。

B29は、爆弾搭載量、速力、航続性能、防御装甲の厚さ等、全ての性能で、ドイツが対ソ戦に用いているアブロ・グライフを大きく凌駕するという。

「スーパーフォートレス」――「超要塞」という機名からも、米軍の自信のほどがうかがい知れる。

ヒトラーは「モスクワもレニングラードも徹底的に破壊して、平らな地面にしてやる」と豪語していたということだが、米軍は同じことを、ベルリン、ハンブルク、フランクフルトといったドイツの諸都市に行うつもりだ。

凄まじい破壊が、ドイツ全土を見舞うことになる。

「独伊と手を切ったのは正解でしたな」

長瀬首席参謀の言葉に、八代が頷いた。

「全くだ。独伊と結び、米英を敵に回していたら、B29は我が国の空に姿を現していたかもしれぬ。東京が劫火《ごうか》に焼き尽くされるなど、あってはならないことだ」

坂崎は、背筋に冷たいものが流れるのを感じた。

五年前の昭和一四年、日本が独伊を切り捨てず、両国との同盟に邁進《まいしん》していたら、間違いなく米英を敵にしていた。

その道を選んでいたら、八代の言葉が現実となっていたかもしれないのだ。

「どうした？」

「何でもありません」

怪訝《けげん》な表情の八代に、坂崎はかぶりを振った。

司令官の言葉は、現実ではない。選択を誤った場合を想像しただけに過ぎない。

現実には、日本は英米との同盟を選んだのだ。

五年前の為政者《いせいしゃ》が正しい道を選択したことを、坂崎は感謝していた。

坂崎は、艦の正面を見据えた。

上空にはまだB29の爆音が響いていたが、坂崎はもう振り向こうとはしなかった。

終章

ヴィルヘルムスハーフェンの港に、まともな船は残っていなかった。

着底し、上甲板を波が洗っているもの、横転状態のまま放置されているもの、上部構造物のほとんどが吹き飛ばされているもの等、廃船置き場さながらの様相を呈している。

この街が、北海に面したドイツの要港であり、重要な軍港でもあったとは信じられなかった。

「一昨年四月の空襲でやられたんです」

輸送船LST90の船員エーリヒ・ランベルクは、上甲板で港の様子を眺《なが》めていた元ドイツ海軍大尉オットー・シュトラウスに話しかけた。

LST90は、アメリカ合衆国が大量に建造した戦車揚陸艦の一隻だ。現在は、戦時捕虜となったドイツ軍将兵の帰国に使われている。

「戦略爆撃機の？」

「いえ、空母の艦上機です。アメリカ軍の指揮官は『ドイツには、ただ一隻の船も残しておくな』と、部下に命じたと聞きました」

「キールも酷いことになっているだろうな」

シュトラウスは、もう一つの軍港の名を口にした。

キールはバルト海側にあるため、ヴィルヘルムスハーフェンよりは攻撃を受け難い。連合軍の航空部隊がキールを攻撃しようとすれば、手前でドイツ空軍の迎撃を受けることになる。

だが、アメリカ軍の空母艦上機隊は、弱体化したドイツ空軍の迎撃など、ものともしなかったのではないか。

「ヴィルヘルムスハーフェン以上の惨状です。あそこは大海艦隊の母港でしたから、在泊艦船だけではなく、ドックで建造中の艦艇まで含め、徹底的に破壊されました」

「そうか」

ランベルクの応えを受け、シュトラウスは大きく息を吐き出した。

大海艦隊以上に、Uボートが憎まれていたのだろうな、と口中で呟いた。

連合国から見れば、大海艦隊よりもUボートの方が脅威が大きかったはずだ、との自負がある。

攻撃を受ける側からすれば、正面から堂々と攻撃して来る水上部隊よりも、海面下から密かに忍び寄って魚雷を撃ち込んで来るUボートの方が恐ろしい相手だからだ。

「敵に憎まれていたというのは、誇りに思うべきじゃないですか？　それだけ、敵に手を焼かせたということですから。特に、我々のU568は」

旧部下のヘルムート・マイスナー元上級兵曹長が、傍らから声をかけた。シュトラウスの呟きが聞こえたらしい。

「同感だな」

シュトラウスは頷いた。

シュトラウスらの乗艦だったU568の戦歴は、二年半前――一九四四年九月六日に終わった。

日本軍との戦闘で損傷したU568は、友軍の占領下にあったプリマスにたどり着いたが、そこで艦と乗員の命運《めいうん》が尽きた。

クライスト元帥のイギリス軍管区司令部は、その年の一二月二日、連合軍に降伏し、イギリス本土に駐留するドイツ軍の全部隊に武器を置くよう命じたのだ。

シュトラウスらU568の乗員も、プリマスを守っていた陸軍部隊と共に連合軍の捕虜となり、以後は戦争が終わるまで、収容所で過ごした。

ドイツ第三帝国が崩壊に至るまでの経緯は、収容所で報じられたニュースにより把握している。

連合軍はイギリス本土を奪回した後、数千機の戦略爆撃機を同地に展開させ、ドイツ本土に対する爆撃を開始した。

ドイツ空軍は激しく抵抗し、多数の連合軍爆撃機を撃墜したが、工業地帯や大都市への爆撃により、ドイツの国力は低下の一途を辿《たど》った。

ドイツ空軍も、重爆撃機アブロ・グライフを多数投入して反撃したが、アメリカが投入した新鋭戦闘機ノースアメリカンP51〝ムスタング〟やリパブリックP47〝サンダーボルト〟の前に、損害を重ねるばかりだった。

連合軍は、約一〇ヶ月に亘って戦略爆撃を継続した後、一九四五年九月二〇日、フランスのノルマンディに大規模な地上部隊を上陸させ、ドイツ本土に向かって進撃を開始した。

連合軍の大陸反攻と並行して、ソ連軍もまた大規模な反攻を開始している。

アブロ・グライフの戦略爆撃によって、モスクワ、レニングラード、スターリングラードといった諸都市を破壊され、生産力にも大きな打撃を受けたソ連だったが、一九四四年七月末から九月初めにかけて行われたロストフの戦いにおける勝利をきっかけに、戦争の主導権を握ったのだ。

東西からの挟撃を受けながらも、ドイツは頑強《がんきょう》な抵抗を続けたが、連合軍のノルマンディ上陸から約一年後に力尽きた。

首都ベルリンの占領は、連合軍とソ連軍の双方が狙っていたが、僅かの差で連合軍が先んじた。

総統アドルフ・ヒトラーは、一九四六年八月一九日、ベルリンの地下壕で自決し、八月二六日、ヒトラーの後継者に指名された海軍元帥カール・デーニッツが、連合軍との降伏文書に調印した。

ドイツ降伏の三ヶ月後から、捕虜の帰国が始まった。

ドイツと地続きの西ヨーロッパ諸国からの帰国が優先され、イギリスで捕虜となった者の帰国は遅れがちだったが、一九四七年一月から順次移送が始まった。

シュトラウスらU568の乗員も、一九四七年三月八日、プリマスから出港する帰国船に乗船し、祖国への道を辿ったのだった。

シュトラウスも、部下たちも、Uボートに乗り組んで戦ったことを恥じてはいない。

自分たちは最後まで、ドイツ海軍の軍人として、堂々と戦ったと自負している。

惜《お》しまれるのは、総統が巨大な戦艦に魅了《みりょう》されたことだ。

「ホルスト・ヴェッセル」などという巨艦を作らず、その資材と人員をUボートに回していれば、ドイツ海軍はより連合軍を苦しめることができたと思う。

総統も、海軍総司令部《OKM》も、戦略を間違えたとしか言いようがない。

だが、シュトラウスはUボートの艦長という立場に過ぎず、海軍の戦略を左右できる立場にはない。

祖国から与えられたポジションで最善を尽くしたことに、満足すべきだろう……。

LST90は、沈船や損傷している船を避けつつ、ゆっくりと埠頭《ふとう》に向かっている。

港や市街地の様子も、はっきりと見え始める。


シュトラウスらが見知っている、ヴィルヘルムスハーフェンの港ではない。

立ち並んでいた倉庫や港湾の管理事務所、クレーンなどはあらかた姿を消しており、野戦用の兵舎を思わせる急ごしらえの建物が並んでいる。

市街地も、焼き尽くされて鉄骨だけが残ったビルや壁だけが残っている建物、元は何だったのかよく分からない瓦礫《がれき》の山が並んでいる。

「これが、祖国の姿か……」

Ｕ５６８の機関長を務めていたグスタフ・シェラー元中尉が、深々と嘆息した。

自分たちが収容所で過ごしている間に、祖国がここまで変わり果てているとは、と言いたげだった。

「この街だけではありません」

「分かっている」

ランベルクの言葉に、シュトラウスは頷いた。

連合軍の戦略爆撃は、デーニッツ提督が降伏文書に調印する前日、一九四六年八月二五日まで続けられたという。

首都ベルリンは言うに及ばず、ハンブルク、ブレーメン、デュッセルドルフ、ニュルンベルク、ライプツィヒ、ドレスデン等の諸都市は、建造物の過半を破壊され、廃墟《はいきょ》と化しているとのことだ。

自分たちは、焦土《しょうど》と化した祖国に足を降ろそうとしている。

「これからは、復興のために働くことになるのでしょうな」

ぼそりと言ったマイスナーに、先任将校だったルードヴィク・ケラー元中尉が言った。

「それもまた、祖国のためさ」

「ドイツは、繁栄を取り戻せるでしょうか?」

不安げに聞いたのは、次席将校だったクラウス・ペーターゼン元少尉だ。

「取り戻せるか、じゃない。取り戻すんだ」

シュトラウスは、力を込めて答えた。

これから先、自分たちを待ち受けているであろう苦労を想像すると、暗澹たる思いだ。

だが、艦長が部下たちの前で弱みを見せるわけにはいかない。

艦を失い、捕虜となっても、正式に除隊の手続きを取るまでは、自分が指揮官なのだ。

最後まで、艦長の責務を果たすつもりだった。

シュトラウスは、部下たちを振り返って微笑した。

「できることなら、再建が成った祖国で、また船に乗る仕事に就きたいものだ。今度は、爆雷に怯《おび》える必要のない船に、な」


【完】

あとがき

今回のシリーズで筆者が最も考えを巡らしたのは、同じ日独戦を扱ったシリーズ「蒼海の尖兵」(二〇〇〇年四月〜二〇〇二年六月)との違いをどう出すか、でした。

日本とドイツが戦う、という設定は共通していても、旧作の焼き直しにはしたくありません。

そこで考えたのが「Uボートの脅威を前面に出す」です。

第二次大戦前のドイツ海軍は、ナチス政権の再軍備宣言から開戦までの間に、強力な水上部隊を整備できず、大量に建造したUボートを主力とせざるを得ませんでした。

日本がドイツ、イタリアと戦う場合にも、海軍の主敵はUボートとなります。

Uボートとの戦いを強調するため、日本側のレギュラーの一人に対潜部隊の指揮官を、ドイツ側のレギュラーとしてUボートの艦長とその部下たちを、それぞれ設定しました。

海中に潜む敵を探り当て、爆雷攻撃を加える対潜部隊の苦心や、海中に潜んで雷撃のタイミングをうかがったり、無音状態を保って対潜艦艇の探知を逃れようとしたりする潜水艦独特の緊張感を書くのは、艦隊戦や航空戦とは違った苦労がありましたが、何とか最終巻まで辿り着くことができました。

ところで、もし本当に日本がドイツと戦ったら、どのような結果になったでしょうか?

艦隊戦なら日本の優位は動きませんが、ドイツには多数のＵボートがあります。

特に、本シリーズでレギュラーとしたⅦＣ型Ｕボートは、六〇〇隻以上が建造された記録が残っています。

旧日本海軍の対潜能力は、あまり褒められたものではなく、商船のみならず、主力艦だった空母までもが何隻も潜水艦に沈められる有様でした。

その日本海軍がドイツ海軍と戦えば、Ｕボートの大群の前に惨敗を喫《きっ》したのではないでしょうか？

第一巻における加倉井憲吉中佐の「そんな認識でドイツ海軍と渡り合ったら、大変なことになるぞ」という台詞は、そのような考察に基づいてのものでした。

とまれ、最終巻までお付き合いいただき、ありがとうございました。

なお、第四巻のあとがきでも書きましたが、長く筆者のシリーズでカバーイラストと扉画《とびらが》を描いて下さいました高荷義之《たかによしゆき》さんが本シリーズの三巻を最後に降板され、四巻から佐藤道明《さとうみちあき》さんに交替されました。

高荷義之さん、長い間、本当にありがとうございました。

佐藤道明さん、次のシリーズでは、またよろしくお願いいたします。

令和五年五月　横山信義

ご感想・ご意見は
下記中央公論新社住所、または
e-mail：cnovels@chuko.co.jpまで
お送りください。

C★NOVELS

連合艦隊西進す《れんごうかんたいせいしん》6
——北海《ほっかい》のラグナロク

2023年6月25日　初版発行

著　者　横山《よこやま》 信義《のぶよし》

発行者　安部 順一

発行所　中央公論新社
〒100-8152　東京都千代田区大手町1-7-1
電話　販売　03-5299-1730　編集　03-5299-1930
URL https://www.chuko.co.jp/

DTP　平面惑星

印　刷　三晃印刷（本文）
大熊整美堂（カバー・表紙）

製　本　小泉製本

Published by CHUOKORON-SHINSHA, INC.
Printed in Japan　ISBN978-4-12-501468-5 C0293

連合艦隊西進す 1
日独開戦

横山信義

ソ連と不可侵条約を締結したドイツは勢いのままに大陸を席巻、英本土に上陸し首都ロンドンを陥落させた。東アジアに逃れた英艦隊は日本に亡命。これによりヒトラーの怒りは日本に波及した。

ISBN978-4-12-501456-2 C0293　1000円

カバーイラスト　高荷義之

連合艦隊西進す 2
紅海海戦

横山信義

亡命イギリス政府を保護したことで、ドイツ第三帝国と敵対することになった日本。第二次日英同盟のもとインド洋に進出した連合艦隊は、Ｕボートの襲撃により主力空母二隻喪失という危機に。

ISBN978-4-12-501459-3 C0293　1000円

カバーイラスト　高荷義之

連合艦隊西進す 3
スエズの彼方

横山信義

英本土奪回を目指す日本・イギリス連合軍にはスエズ運河を押さえ、地中海への航路を確保する必要がある。だが連合軍の前に、北アフリカを堅守するドイツ・イタリア枢軸軍が立ち塞がる！

ISBN978-4-12-501461-6 C0293　1000円

カバーイラスト　高荷義之

連合艦隊西進す 4
地中海攻防

横山信義

ドイツ・イタリア枢軸軍を打ち破り、次の目標である地中海制圧とイタリア打倒に向かう日英連合軍。シチリア島を占領すべく上陸船団を進出させるが、枢軸軍がそれを座視するはずもなく……。

ISBN978-4-12-501463-0 C0293　1000円

カバーイラスト　佐藤道明

表示価格には税を含みません

連合艦隊西進す 5

英本土奪回

横山信義

日英連合軍はアメリカから購入した最新鋭兵器を装備し、悲願の英本土奪還作戦を開始。ドイツも海軍に編入した英国製戦艦を出撃させる。ここに、前代未聞の英国艦戦同士の戦いが開始される。

ISBN978-4-12-501465-4 C0293　1000円

カバーイラスト　佐藤道明

烈火の太洋 1

セイロン島沖海戦

横山信義

昭和一四年ドイツ・イタリアとの同盟を締結した日本は、ドイツのポーランド進撃を契機に参戦に踏み切る。連合艦隊はインド洋へと進出するが、そこにはイギリス海軍の最強戦艦が――。

ISBN978-4-12-501437-1 C0293　1000円

カバーイラスト　高荷義之

烈火の太洋 2

太平洋艦隊急進

横山信義

アメリカがついに参戦！　フィリピン救援を目指す米太平洋艦隊は四〇センチ砲戦艦コロラド級三隻を押し立てて決戦を迫る。だが長門、陸奥という主力を欠いた連合艦隊に打つ手はあるのか⁉

ISBN978-4-12-501440-1 C0293　1000円

カバーイラスト　高荷義之

烈火の太洋 3

ラバウル進攻

横山信義

ラバウル進攻命令が軍令部より下り、主力戦艦を欠いた連合艦隊は空母を結集した機動部隊を編成。米太平洋艦隊も空母を中心とした艦隊を送り出した。ここに、史上最大の海空戦が開始される！

ISBN978-4-12-501442-5 C0293　1000円

カバーイラスト　高荷義之

烈火の太洋 4
中部ソロモン攻防

横山信義

海上戦力が激減した米軍は航空兵力を集中し、ニューギニア、ラバウルへと前進する連合艦隊に対抗。膠着状態となった戦線に、山本五十六は新鋭戦艦「大和」「武蔵」で迎え撃つことを決断。

ISBN978-4-12-501448-7 C0293　1000円　カバーイラスト　高荷義之

烈火の太洋 5
反攻の巨浪

横山信義

米軍の戦略目標はマリアナ諸島。連合艦隊はトラックを死守すべきか。それとも撃って出て、米軍根拠地を攻撃すべきか？　連合艦隊の総力を結集した第一機動艦隊が出撃する先は——。

ISBN978-4-12-501450-0 C0293　1000円　カバーイラスト　高荷義之

烈火の太洋 6
消えゆく烈火

横山信義

トラック沖海戦において米海軍の撃退に成功したものの、連合艦隊の被害も甚大なものとなった。彼我の勢力は完全に逆転。トラックは連日の空襲に晒される。そこで下された苦渋の決断とは。

ISBN978-4-12-501452-4 C0293　1000円　カバーイラスト　高荷義之

荒海の槍騎兵 1
連合艦隊分断

横山信義

昭和一六年、日米両国の関係はもはや戦争を回避できぬところまで悪化。連合艦隊は開戦に向けて主砲すべてを高角砲に換装した防空巡洋艦「青葉」「加古」を前線に送り出す。新シリーズ開幕！

ISBN978-4-12-501419-7 C0293　1000円　カバーイラスト　高荷義之

表示価格には税を含みません

荒海の槍騎兵 2
激闘南シナ海

横山信義

「プリンス・オブ・ウェールズ」に攻撃される南遣艦隊。連合艦隊主力は機動部隊と合流し急ぎ南下。敵味方ともに空母を擁する艦隊同士——史上初・空母対空母の大海戦が南シナ海で始まった！

ISBN978-4-12-501421-0 C0293　1000円

カバーイラスト　高荷義之

荒海の槍騎兵 3
中部太平洋急襲

横山信義

集結した連合艦隊の猛反撃により米英主力は撃破された。太平洋艦隊新司令長官ニミッツは大西洋から回航された空母群を真珠湾から呼び寄せ、連合艦隊の戦力を叩く作戦を打ち出した！

ISBN978-4-12-501423-4 C0293　1000円

カバーイラスト　高荷義之

荒海の槍騎兵 4
試練の機動部隊

横山信義

機動部隊をおびき出す米海軍の作戦は失敗。だが日米両軍ともに損害は大きかった。一年半余、ついに米太平洋艦隊は再建。新鋭空母エセックス級の群れが新型艦上機隊を搭載し出撃！

ISBN978-4-12-501428-9 C0293　1000円

カバーイラスト　高荷義之

荒海の槍騎兵 5
奮迅の鹵獲戦艦

横山信義

中部太平洋最大の根拠地であるトラックを失った連合艦隊。おそらく、次の戦場で日本の命運は決する。だが、連合艦隊には米艦隊と正面から戦う力は失われていた——。

ISBN978-4-12-501431-9 C0293　1000円

カバーイラスト　高荷義之

荒海の槍騎兵 6
運命の一撃

横山信義

機動部隊は開戦以来の連戦により、戦力の大半を失ってしまう。新司令長官小沢は、機動部隊を囮とし、米海軍空母部隊を戦場から引き離す作戦で賭に出る！　シリーズ完結。

ISBN978-4-12-501435-7 C0293　1000円

カバーイラスト　高荷義之

蒼洋の城塞 1
ドゥリットル邀撃

横山信義

演習中の潜水艦がドゥリットル空襲を阻止。これを受け大本営は大きく戦略方針を転換し、MO作戦の完遂を急ぐのだが……。鉄壁の護りで敵国を迎え撃つ新シリーズ！

ISBN978-4-12-501402-9 C0293　980円

カバーイラスト　高荷義之

蒼洋の城塞 2
豪州本土強襲

横山信義

MO作戦完遂の大戦果を上げた日本軍。これを受け山本五十六はMI作戦中止を決定。標的をガダルカナルとソロモン諸島に変更するが……。鉄壁の護りを誇る皇国を描くシリーズ第二弾。

ISBN978-4-12-501404-3 C0293　980円

カバーイラスト　高荷義之

蒼洋の城塞 3
英国艦隊参陣

横山信義

ポート・モレスビーを攻略した日本に対し、ついに英国が参戦を決定。「キング・ジョージ五世」と「大和」。巨大戦艦同士の決戦が幕を開ける！

ISBN978-4-12-501408-1 C0293　980円

カバーイラスト　高荷義之

表示価格には税を含みません

蒼洋の城塞 4
ソロモンの堅陣

横山信義

珊瑚海に現れた米国の四隻の新型空母。空では、敵機の背後を取るはずが逆に距離を詰められていく零戦機。珊瑚海にて四たび激突する日米艦隊。戦いは新たな局面へ――。

ISBN978-4-12-501410-4 C0293　980円　カバーイラスト　高荷義之

蒼洋の城塞 5
マーシャル機動戦

横山信義

新型戦闘機の登場によって零戦は苦戦を強いられ、米軍はその国力に物を言わせて艦隊を増強。日本はこのまま米国の巨大な物量に押し切られてしまうのか⁉

ISBN978-4-12-501415-9 C0293　980円　カバーイラスト　高荷義之

蒼洋の城塞 6
城塞燃ゆ

横山信義

敵機は「大和」「武蔵」だけを狙ってきた。この二戦艦さえ仕留めれば艦隊戦に勝利する。米軍はそれを熟知するがゆえに、大攻勢をかけてくる。大和型×アイオワ級の最終決戦の行方は？

ISBN978-4-12-501418-0 C0293　980円　カバーイラスト　高荷義之

台湾侵攻 1
最後通牒

大石英司

人民解放軍が大艦隊による台湾侵攻を開始した。一方、中国の特殊部隊の暗躍でブラックアウトした東京にもミサイルが着弾……日本・台湾・米国の連合軍は中国の大攻勢を食い止められるのか！

ISBN978-4-12-501445-6 C0293　1000円　カバーイラスト　安田忠幸

台湾侵攻 2
着上陸侵攻

大石英司

台湾西岸に上陸した人民解放軍２万人を殲滅した台湾軍に、軍神・雷炎擁する部隊が奇襲を仕掛ける——邦人退避任務に〈サイレント・コア〉原田小隊も出動し、ついに司馬光がバヨネットを握る！

ISBN978-4-12-501447-0 C0293　1000円　カバーイラスト　安田忠幸

台湾侵攻 3
電撃戦

大石英司

台湾鐵軍部隊の猛攻を躱した、軍神雷炎擁する人民解放軍第164海軍陸戦兵旅団。舞台は、自然保護区と高層ビル群が隣り合う紅樹林地区へ。後に「地獄の夜」と呼ばれる最低最悪の激戦が始まる！

ISBN978-4-12-501449-4 C0293　1000円　カバーイラスト　安田忠幸

台湾侵攻 4
第2梯団上陸

大石英司

決死の作戦で「紅樹林の地獄の夜」を辛くも凌いだ台湾軍。しかし、圧倒的物量を誇る中国第２梯団が台湾南西部に到着する。その頃日本には、新たに12発もの弾道弾が向かっていた——。

ISBN978-4-12-501451-7 C0293　1000円　カバーイラスト　安田忠幸

台湾侵攻 5
空中機動旅団

大石英司

驚異的な機動力を誇る空中機動旅団の投入により、台湾中部の濁水渓戦線を制した人民解放軍。人口300万人を抱える台中市に第２梯団が迫る中、日本からコンビニ支援部隊が上陸しつつあった。

ISBN978-4-12-501453-1 C0293　1000円　カバーイラスト　安田忠幸

表示価格には税を含みません